신라 공주 해적전

신라 공주 해적전

곽재식 소설

차례

1.

낭자, 부디 나를 살려주시오

신라 장보고가 망하고 15년이 지난 때(서기 861년을 말함), 한주(漢州) 지방(지금의 서울, 경기도, 충청북도 일부)에 장희(張姬)가 살고 있었다. 장희는 꼬마였을 때부터 장보고의 무리 사이에 끼어, 여러 나라를 돌아다니며 장사를 하는 사람들의 심부름을 했다. 장희는 부지런히 일을 하여 제법 밑천을 모아두었다.

장보고가 망하자 장희는 도망쳐서 한주로 건너왔다. 그리고 그때부터 아무 일도 하지 않고 그저 밑천을 축내며 하는 일 없이 빈둥거리기만 했다. 그렇게 긴 세월을 지내다보니 장희는 마침내 모아놓은 재물이 모두 바닥난 것을 알게 되었다. 장희는 우선 마지막 한줌의 쌀로 밥을 지어 배부르게 먹었다. 그러고 나니 이제 집 안 창고는 아무것도 없이 깨끗이 비어 있었다. 그런 즉, 당장 내일부터 굶게 될 판이었다.

"하는 수 없이 다시 재물을 벌어야겠구나."

장희는 사람이 많은 곳을 찾아 거리로 나갔다.

멀지 않은 곳에 작은 강물이 흐르고 있었는데, 한해 전부터 도성인 서라벌로 갈 수 있는 배가 들어오고 있었다. 장희처럼 장보고 아래에서, 청해진에서 일한 적이 있던 옛 부하들은 강물을 깊숙이 거슬러 배가 들어오는 것을 볼 때마다 이렇게 말하며 안타까워했다.

"장보고 대사께서 염장에게 안타깝게 당한 뒤로, 대사의 재물과 배를 온 나라의 잡다한 무리들이 빼앗아 나누어 가졌으니 청해진이 갖가지 잡상인들의 차지가 되었다."

그 말을 듣고 누군가가 "장보고가 망해 청해진이 다른 사람 차지가 된 것과, 강물을 따라 이곳에 배가 들어오는 것이 무슨 상관이 있다고 그렇게 안타까워하오?"라고 물으면, 장보고의 옛 부하들은 이렇게 대답했다.

"청해진이 잡상인들의 차지가 되는 바람에 예전부터 일하던 장사꾼과 뱃사람들은 거기에 밀려 삼한 땅 구석구석 시골까지 들어가서 장사를 하게 되지 않았소? 한때는 큰 바다를 지나고 사막을 건너 서역까지 가던 사람들이 이제 이런 시골에 배를 타고 들어와 몇푼짜리 흥정이나 하게 되었으니, 안타깝다 아니할 수 있으리오?"

그러나 마을 사람들에게는 그런 배가 나타나 팔고 사는 물건을 보는 것도 귀한 기회였다. 배가 드나들 때마다 강가에는 서라벌 시장에서나 볼 수 있는 좋은 물건을 파는 사람들이 나타났다. 그러므로 근처 몇몇 마을 사람들은 매번 구경을 하거나 장사를 하러 북적거리며 모여들었다.

그곳을 한번 둘러본 장희는 목이 좋은 공터에 자리를 펴고 앉은 후에 깃발을 내걸었다. 깃발에는 직접 크게 글씨를 썼다.

"행해만사(行解萬事)"

즉 무슨 문제든지 말만 하면 다 풀어준다는 뜻이었다. 그리고 장희는 직접 노래를 만들어 불렀는데, 그 내용은 적당한 대가를 재물로 치르기만 하면 세상의 무슨 문제든지 자기가 풀어주겠노라고 길 가는 사람들에게 알리는 것이었다.

노랫소리가 나쁘지 않았으므로 길 가는 사람들이 가끔 돌아보기는 하였다. 그러나 하루가 온종일 지나도록 장희에게 정말로 일을 맡기는 사람은 없었다. 때문에 장희는 아무 재물도 벌지 못했다.

저녁 무렵이 되어 어린아이 하나가 윷놀이 도박을 하자고 찾아와서는 고기 반근을 내기에 걸었는데, 오직 그것을 땄을 뿐이었다.

"하루 종일 판을 벌려놓았으나 어찌 아무도 찾는 사람이 없는가?"

해가 지고 밤이 되자 장희는 하품을 하면서 한번 웃었다. 그러나 다행히 어린아이에게 딴 고기 반근이 있었으므로 우선 오늘 저녁은 이것으로 배를 채우자고 생각했다.

그런데 장희가 막 깃발을 내리고 자리를 걷어 치우려 하자, 한 남자가 장희 앞으로 뛰어왔다. 그는 한수생(漢水生)이었는데 무엇인가에 쫓겨서 오는 듯이 보였다. 한수생이 장희에게 말했다.

"낭자, 무슨 일이든 다 해주신다면 지금 저를 여기서 멀리 도망치게 해주실 수 있습니까?"

장희가 한수생을 언뜻 보니 얼굴이 허옇고 몸집이 흐늘거리는 것이 책이나 가득 쌓아두고 글만 읽은 듯하였다. 그러나 자세히 살피니 어깨와 팔은 굳세었으며 손에는 못이 박혀 있어 열심히 농사를 지은 기색도 있었다. 또한 한수생의 표정을 보니 이목구비가 멀끔히 잘생겼으면서도 순박한 데가 있었다.

장희는 속으로 가만히 생각하기를,

'봉을 잡았으니 이 남자를 적당히 구슬려 재물을 털어내면 한동안 먹을 것 걱정은 없겠구나.'

라며 기뻐하였다.

장희가 한수생에게 말했다.

"멀리 떠나려 한다면, 강으로 가서 배를 타고 서쪽 바다로 나아가는 것이 가장 쉬운 길이오."

"낭자, 나는 물길을 모르니 부디 나를 살려주시오."

"그렇다면 나를 따라오시오."

두 사람은 바쁘게 밤길을 걸었는데, 한수생은 무엇엔가

겁이 나는지 자꾸만 발걸음이 빨라졌다. 이윽고 움직임이 곧 달려가는 듯해졌다. 그러니 장희의 발걸음이 느리지 않았는데도 한수생을 따라가기 어려울 지경이었다.

마침내, 장희가 물었다.

"도대체 왜 도망치는 것이오?"

그러자 한수생이 길게 탄식하고 사연을 말하였으니 그 내용은 다음과 같았다.

본시 한수생이 사는 곳은 대여섯 집 정도가 모여 사는 산속 마을이었다. 그 마을 사람들은 뜻이 있어서 자신의 자식들을 학자나 벼슬아치로 기르기로 하였다.

"너희들은 다른 일은 하지 말고 오직 글공부만을 열심히 하거라."

그리하여 그 마을 자식들은 농사는 짓지 않고 오직 책을 읽고 글을 쓰는 것만 배우고 지냈다.

그런데 작년 초에 어느 이상한 뱃사람이 마을에 나타나더니,

"이승에서 이 궁벽한 산골에 박혀 지내는 것은 얼마나 답답한 일입니까? 오십 년 인생살이가 끝나면 썩어 흙이

될 몸, 기왕에 한세상 사는 것 이런 골짜기에만 있지 말고 볼 것은 보고, 갈 곳은 가보는 것이 좋지 않겠습니까? 저 머나먼 서쪽에 가면 성스러운 사람들과 온갖 지혜에 밝은 현자들이 흔하다는 인도의 천축국(天竺國)이 있다고 합니다. 여러분, 평생 이 산속에서만 살다가 허무하게 그냥 늙어 죽기보다는 이왕에 태어난 삶, 천축국 같은 곳에 한번 가보시는 것은 어떻겠습니까?"

라고 사람들을 꾀고 다녔다.

얼떨결에 온 마을 사람들이 거기에 휘말렸다. 그러다보니 며칠 사이 부모들은 모두 여행 짐을 챙겨서 막대한 뱃삯을 내고 인도로 떠나게 되었다.

"우리는 인도 구경을 할 터이니, 너희들은 이제부터 너희들의 힘으로 살거라."

그리하여 이 마을의 자식들은 하루아침에 제 손으로 농사를 짓고 먹고살게 되었다.

그런데 때마침, 마을에서 조금 떨어진 강가에 서라벌로 가는 배가 들어온다는 소식이 들려왔다. 이에 부모 없이 살게 된 한 마을 젊은이가 나섰다.

"서라벌에 가면 천하에서 몰려드는 온갖 진귀한 음식과 향기로운 술이 있고, 갖가지 치장을 한 아름다운 사람들과 한번 들으면 평생을 잊을 수 없는 시를 읊는 시인들이 가득하다고 하오. 또한 높은 학식을 갖춘 학자들이 많으며, 갖가지 지혜를 써놓은 책도 많다고 하오. 그러니 우리 서라벌 구경을 한번 하지 않겠소?

본래 우리 고을에서 서라벌까지 가려면 길이 멀고 험했소. 그런데 이제 강가로만 내려가면 강물과 바다를 따라 바로 서라벌까지 가는 배가 들어오게 되었소. 이것은 서라벌에 가보라는 하늘의 뜻임이 틀림없소."

그리하여 마을 사람들이 모두 서라벌 구경을 가자고 하였다. 그러나 오직 한수생만은 여기에 반대했다.

"이제 부모님들이 떠났으므로 우리 스스로 농사를 지어 우리 스스로 먹고살아야 하는 형편이오. 금년은 우리 손으로 지은 첫 농사이니, 일이 익숙하지 않아 흉작이 될지 풍작이 될지 두렵다 할만 하오. 그러니 곡식과 재물을 아끼고 농사일에 더 힘써야 하지 않겠소? 서라벌 나들이를 하며 재물을 써버린다면 나중 일은 어찌하겠소?"

그러나 다른 사람들은 그 말을 들으려 하지 않았다. 그렇게 다들 한수생만을 남기고 서라벌로 구경을 떠났다. 한 마을 사람은 한수생을 두고 이렇게 말하기도 했다.

"사람으로 태어났다면, 최소한 좋은 노래와 춤을 즐길 줄 알고, 또한 아름다운 시의 멋과 옛 성현의 지혜를 배우는 즐거움을 알아야 한다. 그저 밥 먹을 걱정, 굶지 않을 걱정만 한다면 그것은 짐승의 삶이지, 사람의 삶이라고 할 수 있는가? 너같이 오직 먹을 것 걱정, 재물 걱정만 하면서 짐승처럼 살 바에야 차라리 굶어 죽는 것이 나으리라."

이야기를 거기까지 듣던 장희가 한마디 중얼거렸다.

"본시 힘들여 일해야 한다는 이야기는 따르기 싫은 법이요, 마음 놓고 지금 놀아도 된다는 말은 솔깃하여 따르고 싶은 법이지. 사람들이 그대의 말을 들으려 하지 않는 것도 그럴 수밖에."

계절이 가을을 지나 겨울이 되도록 한수생은 논밭에서 일을 하며 시간을 보냈다. 그러나 마을의 다른 사람들은 떼 지어 서라벌의 시장터와 음식 파는 가게들, 학자들의 집과 도 닦는 사람들이 기도하는 곳 등등을 여러차례 찾아가며 재물을 써 없앴다.

가끔 한수생이,

"이제라도 농사에 힘을 쓰지 않으면 위험하니, 오늘부터는 일을 하는 것이 어떻겠는가?"

라고 하면, 마을 사람들은 서라벌에서 도는 갖가지 이야기들을 떠들며 이렇게 말했다.

"너는 지금 고작 배를 채울 쌀을 한그릇치 더 거두느냐 마느냐를 두고 애를 태우고 있는데, 서라벌에서 현명한 학자들과 옛 스승들의 말을 들어보면 그와 같이 한심한 짓이 없다. 지금 신라에는 얼마나 큰일이 많으며, 얼마나 다급한 일이 많은 줄 아느냐? 골품을 따지는 것이 신라를 해치는 큰 문제이며, 진골의 고귀한 사람들 간에는 옥좌를 노리는 역적들이 숨어 있으니 이 또한 천하에 난리가 나게 될지도 모르는 큰일이다. 뿐만 아니라, 북쪽에는 발해가 있고 남쪽에는 일본이 있어 삼한의 근심거리가 아닌가? 너는 이런 일을 얼마나 아느냐? 이렇게 온 세상이 뒤집어질 만한 일은 아무것도 모르면서, 그저 지금 당장 쌀 농사를 조금 더 잘 짓느냐 못 짓느냐를 두고 아등바등거리고 있으니, 너처럼 멍청한 것은 한평생을 그렇게 눈앞의 밥만 쳐다보며 살 뿐이다. 남이 짜놓은 그물에 걸린 것과 같이 그저 배를 채우려고 일만 하면 다인 줄 아는 것이 애처로운 너의 삶이 아닌가? 고귀한 지혜의 말을 따를 줄도 모르고, 천하의 중대한 일이 어찌 돌아가는지도 모르면서, 그저 그렇게 시키는 대로 일만 해서 재물 모으는 것만 아는 멍청한 짐승 같은 삶이, 너의 삶이다."

한수생이 한두번쯤 거기에다 대고 뭐라고 더 말을 할 때도 있었다. 그러나 그럴 때마다 서라벌에 드나드는 마을 사람들은 "시를 읊는 것도 모르고, 노래가 아름다운 것도 모르며, 그저 모든 것이 밥 먹는 일인 줄로만 아는 소 같은 놈이다"라고 비웃을 뿐이었으므로 한수생은 이내 멈추었다.

그러다 마침내 겨울이 되었다. 그해따라 가을 날씨가 좋지 않아 농사는 흉작이었다. 마을 사람들은 일을 별로 하지 않았지만 그래도 거둘 수 있는 곡식이 조금은 될 줄 알았는데 막상 추수해보니 단지 며칠 밥 먹을 것밖에 없었다.

오직 한명, 내내 힘을 다하여 일한 한수생만이 그래도 나쁘지 않은 수확을 얻을 수 있었다.

마을 사람들은 그저 서라벌을 드나드는 데에 재물을 다 썼으므로 그전에 모아놓은 곡식이나 재물마저 다 떨어져 있었다. 그러니 이대로라면 한수생만이 겨울이 지날 때까지 버틸 수 있을 것이고, 나머지 마을 사람들은 굶어 죽을 형편이었다.

한수생을 빼놓은 마을 사람들은 하루를 굶은 뒤 한자리에 모였다. 그리고 누군가가 이렇게 이야기하였다.

"이대로라면 우리는 굶어 죽을 것이니 어찌하면 좋소? 온 마을에 먹을 것이 있는 곳이라고는 한수생의 집 창고뿐이며, 들판에는 시든 풀과 잡초만 가득하오."

그러자 다른 한 사람이 이렇게 말했다.

"우리가 한수생의 집에 가서 곡식을 가져오면 어떻겠소? 비록 그의 곡식이라고는 하나, 지금 우리는 굶어 죽을 지경이니 목숨을 구하는 것이 우선이오. 당장 내 목숨이 위험할 때에 목숨을 구하기 위해 움직이는 것은 사람의 어쩔 수 없는 본성 아니겠소?"

"그 말이 옳소. 우리는 숫자가 많고 한수생은 한명이니, 우리가 들이닥치면 한수생이 막을 수는 없을 것이오. 우리가 모두 굶어 죽을 수야 없으니, 다 같이 한수생의 집에 몰려가서 곡식을 가져오도록 하세나."

마을 사람들은 저마다 그렇게 말했다. 그러자 마을에서 가장 학식이 깊고 총명하다던 수재(秀才)가 나서서 더욱 크고 우렁찬 목소리로 말했다.

"우리는 이렇게 모두가 굶주리고 있는데, 한수생은 자기 혼자 배불리 곡식을 독차지하고 있으니, 이처럼 간악한 일이 있을 수 있소? 사람에게 덕이 있다면 어찌 그럴 수가 있단 말이오?"

"옳소!"

"게다가 우리가 다 같이 사는 마을인데, 한수생이 자기 농사만 잘되었다 하여 그 곡식을 어찌 자기만 차지할 수 있단 말이오? 이것은 한수생이 간교한 마음으로 우리를 굶겨 죽이려 드는 것이나 다름없소."

"옳소! 옳소!"

"이대로 굶어 죽겠소? 아니면 같이 일어나 약아빠진 한수생을 우리 손으로 무찌르고 다시 살 기회를 얻겠소? 우리가 여럿이 뜻을 같이하여 힘을 모은다면, 어찌 한심한 한수생 따위를 이기지 못하겠소?"

"옳소! 옳소! 옳소!"

이에 마을 사람들은 한수생의 집에서 곡식을 가져오기 위해 몰려갔다.

"한수생은 비열한 작자라서 절대 고분고분 곡식을 나눠줄 리 없소!"

그렇게 말하는 사람들이 있었으므로 마을 사람들은 저마다 낫이나 칼을 들고 나섰다. 드디어 마을 사람들은 한수생의 집에 들이닥쳤다. 그리고 큰 소리로 문밖에서 한수생을 꾸짖었다. 그러니 한수생은 겁을 먹고 놀라 그만 자리에 털썩 주저앉아버렸다. 곡식을 내놓으라고 마을 사람들이 소리치자 한수생이 대답했다.

"자네들은 내가 농사를 힘써 짓지 않으면 낭패를 당할 것이라고 몇달 동안이나 그토록 말했건만, 그 말을 따르지 않더니 지금 무슨 일을 하는 것인가?"

그러자 수재가 성을 벌컥 내며 외쳤다.

"지금 우리는 모두 굶주려 다들 목숨을 잃을 지경인데, 너는 우리 모두의 목숨보다 고작 네 말이 맞았다고 뽐내는 것이 더 중요하냐?"

그리고 좌우를 둘러보고 이야기하기로,

"우리가 굶어 죽는 것이 기뻐서 흥겹다고 하는 이 사악한 자를 어찌해야겠소?"

하고 외쳤다. 그러자 마을 사람들은 모두 성을 내며 한수생을 향해 낫과 칼을 던지려고 하였다.

이에, 한수생은 간곡한 목소리로 마을 사람들을 말렸다.

"제발 그만두시오. 내가 자네들과 같이 살아온 세월이 몇년인데, 그대들이 굶주려 괴롭다고 하면 그대로 둘 리가 있겠소? 우선 오늘 밥을 먹을 곡식을 나눠줄 터이니, 제발 이런 일은 그만두고 물러나도록 하시오."

그렇게 말하는 한수생은 가련해 보였다. 그러므로 마을 사람들은 주춤거리며 물러났다. 그리고 마을 사람들은 한수생의 창고에서 쌀 한그릇씩을 퍼갔다. 그러다보니 그중 몇몇은 잠깐 자신이 부끄럽다는 생각이 들기도 하였다.

해가 질 즈음, 각자의 집으로 흩어지려고 하는데 수재

가 다시 말했다.

"당장은 우리가 두려워 한수생이 쌀을 나누어주었지만, 이제 날이 밝으면 분명히 원한을 품어 우리를 해치려 할 것이오. 그자가 관청에 찾아가 우리가 도적질을 하기 위해 집에 찾아왔다고 일러바치면, 우리는 꼼짝없이 도적으로 몰릴 것 아니겠소? 재물밖에 모르는 탐욕스러운 한수생이 결코 우리를 불쌍히 여겨 쌀을 나눠주었을 리가 없소. 그런 술수로 잠시 우리를 속이고, 필시 간악한 탐관오리와 손을 잡고 우리를 모두 잡아 죽이려 들 것이오."

"옳소!"

수재의 말을 듣고 마을 사람들은 과연 그럴지도 모르겠다고 생각했다. 수재가 뒤이어 말했다.

"더군다나, 왜 우리가 부끄러워해야 하오? 왜 우리가 한수생이 나눠주는 쌀을 걸인이 동냥 구하듯 받아야 한단 말이오? 시 한 구절을 모르고, 옛 성현의 지혜 한마디를 몰라서, 그저 재물만 탐하는 벌레 같은 자에게, 우리가 배고프다는 이유로 쌀을 달라고 빌며 구걸하듯 해야 한단 말이오?"

"옳소!"

"사람으로 태어나서 굶지 않고 밥을 먹자는 것이 무슨 죄란 말이오? 사람이 살기 위해 밥을 먹는 것은 당연한 일이지 않소? 그런데 왜 우리가 그따위 놈에게 살려달라고 애걸해야 한단 말이오? 옛날 설총과 강수와 같은 대학자들의 가르침에 따르면, 사람이 존귀한 것은 학식이 있고 책을 읽는 즐거움을 알기 때문이라고 하셨소. 그런데 아무것도 모르면서 재물만 탐내는 그 벌레가 지금 우리를 내려다보며 비웃고 있소. 그러나 깊이 학식을 연마하여 옛 시인들이 남긴 아름다운 글에 눈물을 흘릴 줄 아는 우리는 그놈을 올려다보며 밥 좀 달라, 밥 좀 달라 노비처럼 빌어야 하오. 이것은 가축이 사람을 채찍질하는 짓거리나 다를 바 없지 않소? 우리가 가축처럼 그놈에게 채찍을 맞아가며 밥을 빌어먹어야겠소?"

"옳소! 옳소!"

"더군다나 이제 그놈은 우리에게 원한을 품게 되었으니 우리를 해치려 들 것이오. 우리가 살기 위해서는 먼저 움직여서 그놈을 없애는 수밖에 없지 않겠소?"

"옳소! 옳소! 옳소!"

마을 사람들은 다시 한수생의 집으로 몰려갔다. 이번에는 애초부터 한수생을 해칠 생각을 하고 집에 뛰어든 것이었다. 그러므로 사람들의 눈빛부터가 달랐다.

'이번에 도망치지 못하면, 내 목숨을 부지하기 어렵다!'

먼발치에서 마을 사람들의 무리를 보자마자 한수생은 이번에는 일이 훨씬 더 위험해진 것을 알아챘다. 한수생은 손에 집어들 수 있는 은팔찌, 은반지 두어개만 챙겨서 급히 집 뒷문으로 도망쳐 나왔다.

한수생으로부터 이야기를 다 들은 장희가 말했다.

"본시 사나운 기세로 여러 사람이 힘을 합쳐 일어서게 되면, 중간에 그게 아니다 싶은 느낌이 들 때가 있어도 그냥 그 기세에 눌려 일을 저지르게 되는 수가 많은 법이오. 더군다나 자신은 현명하여 세상의 이치를 잘 아는데 주위에는 멍청한 자들뿐이라고 믿고 함부로 말 떠들기 좋아하는 놈이 한둘만 섞여 있으면 일이 험악해지는 것은 더 쉬워지기 마련이오."

어두워서 잘 보이지 않았지만, 한수생은 울고 있는 것

같았다.

"낭자, 이제 나는 어찌하면 좋겠소?"

장희가 대답했다.

"지난날 청해진의 장보고 대사를 따라 천하의 영웅호걸들과 함께, 만리 바깥 바다를 돌아다니며 산과 같은 파도를 넘고, 지옥보다 깊은 소용돌이를 지나쳐 오면서 별의별 일을 다 해결해온 이 마님이 여기에 있지 않소? 내가 만사를 다 해결해주겠다고 그대 앞에 와 있는데 두려워할 것이 있겠소. 들고 있는 은팔찌 하나만 주면 몸을 피할 계책을 알려드리리다."

그렇게 말하는 장희를 한수생이 쳐다보니, 장희의 입술 아래에 드러난 이가 하얗게 빛나고 있었으며 눈을 깜빡이며 뜰 때마다 마치 별빛이 반짝하는 것 같았다. 한수생은 감격하여 우는 소리를 내더니 은팔찌 하나를 장희에게 공손히 두 손으로 바쳤다. 그리고 곧 엎드려 장희를 향해 큰절을 하더니 다시 남은 은팔찌를 모두 꺼내어 장희에게 다 주었다.

"낭자의 말이 참으로 고맙소. 긴 세월을 함께 마을에서 살아온 이웃도 한번 인심이 변하니 나를 죽이려 드는데, 낭자는 오늘 나를 처음 만났는데도 이토록 도와주려고 하니, 그저 감격할 뿐이오. 내가 이 귀한 물건을 갖고 있어보았자 마을 사람들에게 붙잡히면 빼앗길 뿐이니, 일단 그대가 맡아주시고, 우리가 도망치는 데 성공하면 그때 다시 돌려주시오. 물건을 보관해주는 값은 따로 치르겠소."

장희는 한수생을 위로하며 눈물을 닦아주고 일으켰다.

장희는 한수생에게 다시 길을 안내하기 시작했다. 둘은 같이 한참을 달렸다. 밤길에 허겁지겁 뛰어가다보니 한수생은 두차례나 넘어졌다.

두 사람이 도착한 곳은 물가였다. 장희는 주인이 잠시 자리를 비운 작은 배를 한척 찾아 그 안에 탔다.

"지금은 동쪽에서 서쪽으로 센 바람이 불고 있으며 강물도 서쪽으로 흐르고 있소. 그러니 배를 타고 서쪽으로 피하면 빠르게 도망칠 수 있소. 다만 천하갑영웅 장보고 대사께서 세상을 떠나신 뒤로 먼바다에는 해적이 들끓고 있소. 그러므로 해적을 마주치지 않도록 서쪽으로 너무 멀리 가지 않게만 조심하면 되는 거요."

"낭자, 참으로 좋은 계책이오!"

"내가 이 배를 타고 저쪽으로 가서 배 주인에게 허락을 구하고 올 테니, 그대는 여기서 기다리고 있도록 하오. 어두운 밤에 그대가 있는 곳이 어디인지 알아야 하니, 그대는 나를 기다리면서 물가에 서서 하나부터 백까지 헤아리고, 백이 될 때마다 뻐꾸기 우는 소리를 흉내 내시오. 그러면 그대가 내는 뻐꾸기 소리를 듣고 다시 돌아오겠소."

그렇게 말하고 장희는 그대로 삿대를 밀어 배를 물가에 띄웠다. 과연 바람이 잘 불어 배는 금세 달빛이 비치는 강물 한가운데로 나아갔다.

장희는 배 위에 벌러덩 드러누웠다.

배가 물결에 흔들릴 때마다 손에 들고 있는 은팔찌가 달빛에 반짝거렸다. 장희는 그것을 보며 웃었다. 그리고 낮에 '행해만사'라고 걸어두고 부르던 곡조에 따라 홀로 흥얼거렸다.

"내 배를 올려놓고 있으면 그것이 곧 내 배인데 주인의 허락을 구하기는 어디에서 구하나? 속임수라고 욕하지 마라. 이 손안에는 은팔찌가 여러개나 있고, 배는 멀리 도망쳐주고, 은팔찌 임자는 이제 곧 자신의 옛 이웃들이 저세상으로 데려갈 것이다. 이렇게 좋은 기회는 놓치는 자가 멍청한 것이리라. 어찌 이보다 쉽게 재물을 얻으리? 재물을 구하면서 이렇게 걱정이 없을 수가 없구나."

한수생을 속이고 도망치는 장희의 배는 갈수록 더 빨리 움직이는 듯했다. 장희는 가사를 바꾸어가며 몇번이고 더 노래를 불렀다.

"걱정이 없을 수가 없구나."

"걱정이 없을 수가 없구나."

그런데 노래의 마지막 구절을 부르자니, 장희는 자꾸만 마음이 이상해지는 느낌이 들었다.

이윽고 장희는 크게 한숨을 쉬며 탄식했다.

"천하갑영웅 청해진대사 장보고의 수하로 세상의 온 바다를 치마폭에 담고 있다던 내가 겨우 순해빠진 얼뜨기의 은팔찌 몇개를 들고 도망을 치고 있는가?"

마침내, 장희는 한수생을 버려두고 떠나지 못하고 배를 돌렸다.

"내가 일부러 세상 편하게 살 기회를 버리고 지금 돌아가니, 이제부터 무슨 일이 벌어지건 다 내가 멍청하고 아둔한 탓이다."

그렇게 말하고 돌아가보니, 한수생은 그 긴 시간이 지나도록 숫자를 헤아리고 계속해서 뻐꾸기 소리를 흉내 내며 서 있었다.

장희를 애타게 기다리느라 물가에서 자꾸 걸어들어온 듯 한수생은 강물이 허리에 차오는 곳까지 나와 있었다. 그리고 열심히 소리를 내면 장희가 빨리 오기라도 할 것처럼, 그저 "아흔여덟, 아흔아홉, 백, 뻐꾹, 뻐꾹, 뻐꾹!" 하고 끝도 없이 소리치고 있었다.

2.

장보고는 개밥과 같고

장희는 한수생을 배에 태우고 다시 급히 서쪽으로 배를 몰았다. 배가 떠나고 얼마 지나지 않아 멀리서 마을 사람들이 한수생을 쫓아 따라오고 있는 것이 보였다.

　"저 사람들이 나를 해치려고 하는 사람들이오."

　한수생이 일어나서 손가락질을 하려 하자, 장희가 그를 말렸다.

　"얼른 앉아서 몸을 숨기시오. 들키지 않소!"

　그리고 살펴보니 과연 마을 사람들은 한수생이 배를 타고 도망치는 것을 보았는지 강가 이곳저곳으로 흩어져 한수생과 장희를 따라갈 배를 찾는 듯이 보였다.

"저 사람들이 우리를 따라오려 하나보오, 낭자."

"멀지 않은 곳에 물길을 지키기 위해 관청에서 나온 벼슬아치가 하나 있으니, 분명히 그자에게 말해서 관청의 배를 타고 우리를 쫓아올 것이오."

"관청의 배가 온다면 잘된 일이 아니오? 관청의 관리에게 가서 내가 잘못한 일이 없으며 억울하다는 점을 밝히면, 관리는 반드시 나를 구해주고 나를 해치려던 자들을 벌할 것 아니겠소? 낭자, 이제 배를 돌려 관청의 배에 가까이 가는 것이 좋겠소."

그 말을 듣자 장희는 깔깔거리며 웃었다.

"그것은 참으로 우스운 말이오."

"그게 무슨 뜻이오, 낭자?"

"마을 사람들은 여럿이고, 그대는 하나요. 그대가 도적이라면 하나만 붙잡으면 되지만, 마을 사람들이 모두 악한이라면 여러 사람을 붙잡아 여러 사람의 말을 들어야 하오. 본시 벼슬아치들이란, 자기에게 귀찮은 일이 떨어지는 것을 고양이가 목욕 싫어하듯 하는 법이오. 그러니 관청의 배를 타고 오는 벼슬아치는 마을 사람들이 하는 말만 믿고 그대를 악한이라고 여길 것이오."

"어찌 그럴 리가 있겠소?"

"마을 사람들은 이미 벼슬아치를 만났을 때 뇌물을 건 네면서 일을 잘 처리해달라고 부탁했을 것이 틀림없소. 게다가 허가를 받지 않고 밤에 배를 띄우는 것은 금지되어 있는데 우리는 이 밤에 배를 타고 물로 나왔으니, 우리가 법을 어겼다고 적당한 이유를 대면서 죽이려 들 까닭은 얼마든지 있지 않겠소?"

한수생은 장희의 말을 믿지 못하여 여러차례 다시 따졌다. 그러고 있는데, 멀리서 화살이 한대 배 옆으로 날아왔다. 장희가 화살이 날아온 쪽을 돌아보니, 과연 관청의 배가 화살이 도달할 수 있을 만큼 가까이 따라와 있었다.

한수생이 탄식했다.

"어찌 관청의 관리라고 하는 자가 내 말은 들어보려 하지도 않고 당장 화살부터 쏘아 죽이려고 드는가?"

"그도 어쩔 수 없지 않소? 그대가 도적이라고 해서 붙잡았는데, 그대는 오히려 마을 사람들을 악한이라고 하면 누구 말이 맞는지 가리고 따지는 것이 귀찮아질 것이오.

그러나 만약 그대를 화살로 꿰뚫어 죽이고 시체만 얻는다면, '물길을 어지럽히는 간교한 도적을 붙잡았다'고 높은 자리 어르신들에게 알려 상을 받을 수 있소. 죽은 시체가 말을 할 리는 없으니 누가 잘못되었다고 할 것이오? 그러니 그대를 죽여서 잡는다면 저 관리에게는 만사가 편한 일이오."

장희는 돛대를 움직여 더 많은 바람을 받게 했다.

"관청의 배가 우리를 따라오지 못하게 하려면 우리는 서쪽 먼바다로 나가는 수밖에 없소."

그 말을 듣고 한수생이 물었다.

"그런데 낭자가 아까 이야기하기로, 먼바다로 나가면 해적이 많다고 하지 않았소? 관리가 쏘는 화살을 피하려다가 해적을 만나면 그것은 또 어찌하겠소?"

"그대는 지금 이 캄캄한 밤바다를 보시오. 어디가 밤하늘이고 어디가 바다인지 구분할 수 있소?"

"그것은 어렵소, 낭자. 오늘은 달이 어둡고 별빛조차 희미하니 보이는 것이 없소."

"세상이 온통 검게 변해 있으니 우리가 검은 허공에 떠서 은하수 가운데를 흘러 지나가는지, 시커먼 바다 밑으로 흘러가 산만큼 커다란 고래의 입속으로 가는지 눈으로 보고 알 수 있소? 혹시 더럽게도 운이 없다면 모를까, 이렇게 바다가 넓고 넓은데 아무리 서해에 해적이 많다고 한들, 설마 오늘 우리와 마주치겠소?"

한수생은 장희가 가리키는 대로 밤하늘의 별들을 보았다. 장희가 이어서 말했다.

"하물며, 내가 비록 높은 지위에 오르지는 못했으나 청해진에서 장보고 대사를 따라다니며 동해 서해 남해 세 바다를 내 집 마당처럼 휘저었소. 아기 호랑이라 하더라도 토끼를 무서워하지 않는데, 어찌 천하갑영웅 장보고의 부하였던 사람으로 해적을 두려워하겠소!"

마침 두 사람이 탄 배는 돌풍을 받았으며 썰물이 빠지는 흐름에도 올라 탔다. 곧 배는 서쪽으로, 또 서쪽으로 계속하여 빠르게 움직였다. 따라오던 관청의 배는 금세 멀리 뒤처져버렸다.

놀라고 겁난 것이 가라앉으니 곧 졸음이 몰려왔다. 방향을 잡고 쫓아오는 자를 보아야 했기에 졸음을 쫓으려

애를 썼으나, 먼동이 터올 때 즈음이 되자 두 사람은 견디기 어려워졌다.

곧 둘은 언뜻 잠이 들었는가 싶었다.

그런데 갑자기 커다란 벼락 소리 같은 것이 들렸다.

"이게 무슨 소리요?"

그러더니 갑자기 배가 한쪽으로 기울기 시작했다. 차가운 바닷물이 금세 발을 적셔왔다.

정신을 차리고 장희가 살펴보니, 커다란 바위 같은 것이 배 위에 떨어져 배를 부수고 바다 밑으로 굴러 들어간 듯싶었다. 한수생도 장희가 보는 방향을 따라 보았다. 한수생이 말했다.

"내가 살던 산속 마을 같으면 가끔 비가 많이 오거나 눈이 녹는 계절에 산사태가 나거나 바위가 굴러오는 수가 있소. 그런데 도대체 산이라고는 사방에 없는 바다 한가운데에서 어찌하여 바위가 하늘에서 떨어진단 말이오?"

영문을 알 수 없어 한수생은 더욱 놀랐다. 이윽고 배가 물속으로 들어가자 한수생은 겁을 집어먹었다.

그때 장희가 말했다.

"이것은 산사태가 아니라, 대포고래요!"

"대포고래가 도대체 무엇이오?"

장희는 고개를 돌려 수평선 쪽을 유심히 쳐다보았다. 자세히 보니 멀리 커다란 배 한척의 형체가 보였다.

"대포고래는 요즘 가장 무섭다는 서해 해적의 별명이오. 커다란 돌덩이를 날려보내는 장치를 배 위에 싣고 다니면서 남의 배를 부수고 그 배에 타고 있는 사람을 다 죽이기를 좋아한다고 하오."

그 말을 듣고 한수생은 어쩔 줄을 몰라 기울어져가는 배 위에서 앉았다 섰다 허리를 기울였다 폈다 하다가 바닥에 주저앉았다.

"마을 사람들을 피해 바다로 나왔더니 이제는 서해의 해적이라니, 이것이 운이 더럽게도 없는 날이라고 하는 것이구나."

한편 장희는 바다에 빠지려고 하는 배 곳곳을 샅샅이 뒤져보았다. 거적때기가 널브러진 곳을 들추어보니, 고철로 팔아보려고 한 것인지 낡은 무기와 쇳덩어리가 좀 있어 보였다. 장희는 그중에서 그나마 가장 좋아 보이는 녹슨 칼 두개를 집어 들었다.

장희가 주저앉아 있는 한수생을 돌아보고 말했다.

"내가 하는 말을 잘 들으시오. 내가 무슨 말을 큰 소리로 외치고 나면, 그대는 거기에 대답하듯이 그저 '그 자식들도 개같이 생겼다'라고 크게 소리치시오. 할 수 있겠소?"

"그게 무슨 말이오?"

"그것이 바로 해적들이 만나면 서로 나누는 인사말이오. 이제 살아남으려면 우리도 해적처럼 해야 하오."

한수생은 잠시 말을 멈추고 가만히 있었다. 그러다 문득 비장한 표정이 되어 장희에게 다시 말했다.

"낭자, 나는 비록 사람은커녕 토끼도 잡아본 적 없이 그저 농사만 짓던 사람이오. 그러나 낭자는 내 목숨을 구해준 은인이니, 낭자가 대포고래와 해적처럼 싸우다가 죽을 결심을 하였다면 적의 칼날을 두려워하지 않고 같이 싸워, 낭자가 마지막 숨을 쉴 때에 나 또한 마지막 숨을 쉴 것이오."

그 말을 듣자 장희는 고개를 저었다.

"대포고래에게 해적질을 하면서 싸우겠다는 말이 아니

라, 그냥 우리도 같은 해적인 척하면서 적당히 대포고래
를 속여 넘길 생각이란 말이오."

"해적인 척만 한다?"

"그나마 그대가 다루어본 무기가 무엇이오?"

"산골에서 농사만 짓고 가끔 글이나 읽던 사람에게 무
기가 무슨 말이오? 위험한 것이라고 해봐야 벼를 벨 때에
낫질이나 해보았을 뿐이오."

그러고 있는 사이에 배는 벌써 삼분의 이가 넘게 물에
빠졌고, 어느새 멀리 대포고래의 얼굴이 보일 정도로 해
적들은 가까이 와 있었다.

대포고래가 욕설을 섞어가며 말하는 소리가 들렸다.

"비단잉어가 멀리서 보고 남녀 한쌍이 강물을 따라 나
온다고 하기에, 나는 정분나서 야반도주하는 젊은 진골
집의 자식들이 집안 패물을 챙겨 도망쳐오는 줄로만 알았
건만. 이제 보니 거렁뱅이 같은 것 둘이 그저 빈 배에 타고
있을 뿐이구나."

한수생이 바라보니 대포고래는 덩치가 큰 남자였는데,
눈썹이 짙고 턱이 뚜렷해 강건하게 생겼으며 눈매는 든든

하고 목소리가 맑아 과연 한 무리의 우두머리 같아 보이는 위엄이 있었다. 그리고 그가 탄 배에는 돌덩이를 날릴 수 있는 커다란 나무 장치가 둘이나 있었다. 그 장치를 둘러싸고, 칼과 활을 든 해적들이 서 있는데 그 숫자가 족히 수십은 되어 보였다.

한수생은 대포고래와 그 배의 위세에 눌려 덜덜 떨고만 있을 뿐 아무 말을 못하고 있었다. 그런데, 장희가 먼저 크게 소리 지르며 외쳤다.

"장보고는 개밥과 같고 ──"

장희가 그렇게 소리 지르자, 대포고래의 부하 해적들 중에 놀라면서도 반갑다는 듯이 답하는 무리가 있었다. 그들이 외치는 소리는 다음과 같았다.

"그 자식들도 개같이 생겼다!"

한수생도 얼떨결에 그 말을 같이 따라 하며 외쳤다.

"그 자식들도 개같이 생겼다!"

그러자 해적 무리가 다시 인사를 해왔다.

"장보고는 개밥과 같고 ──"

"그 자식들도 개같이 생겼다."

이때 대포고래의 무리 중 한 사람이 뱃전 쪽으로 나타났다. 아름다운 수가 많이 놓인 흰 비단옷을 입고 있는 여자였는데 한 손에는 술잔을 들고 비스듬히 가마에 누워 있었다. 그 사람이 장희와 한수생을 볼 수 있도록 다른 해적들은 자리를 높이 들어주었다.

그것을 보고 장희가 한수생에게 속삭였다.

"화려한 치장을 좋아하는 여자 해적인 것을 보니, 저 자가 바로 대포고래의 수하로 꾀가 많다는 비단잉어인가 보오."

그 말을 듣고도 한수생은 뭐가 뭔지 알 수가 없었다. 곧 비단잉어가 장희와 한수생을 향해 물었다.

"어느 바다에서 나쁜 짓을 하시는 형제자매이신가?"

장희가 대답했다.

"우리는 한주 땅에서 일하는 무리입니다."

장희는 양손에 들려 있는 두개의 녹슨 칼을 들어 보였다.

"저는 별명이 독꽃게라고 하고, 저 남자는 별명이 낫질 귀신이라고 합니다."

장희는 한수생을 가리켰다. 한수생은 황급히 짐짓 해적

같아 보이는 표정을 지어보려고 했지만 잘 되지 않았다.

장희가 다시 말했다.

"대포고래 어른의 이름은 먼 옛날부터 잘 들어 알고 있는데, 오늘 이렇게 넓디넓은 바다에서 만나게 되다니 참으로 인연이란 묘한 것 아니겠습니까?"

그 말을 듣고도 비단잉어는 아무 대답을 하지 않더니 곧 배 안쪽으로 들어갔는지 모습을 감추었다. 배에서 대포고래와 무엇인가 상의를 하는 것 아닌가 싶었다.

얼마 후, 해적 무리 중 하나가 다시 장희와 한수생을 향해 올라오라고 소리치면서 밧줄 한가닥을 내려주었다. 장희는 밧줄을 붙잡고 가벼운 몸놀림으로 대포고래의 배 위로 올라갈 수 있었다. 그렇지만 한수생은 해적질은커녕 배를 타본 적도 몇번 없었으므로 밧줄을 잡고 한참 낑낑거려야 했다.

"낭자, 이자들은 진짜 해적들인가보오. 어디에서 훔쳐 온 것인지, 진귀한 패물과 금덩어리 은덩어리 따위가 배 위에 가득하지 않소?"

한수생이 장희에게 속삭였다. 과연 대포고래는 한바탕

해적질에서 좋은 수확을 거두었는지 배 위에 갖가지 물건들을 많이 쌓아두고 있었다. 장희가 한수생에게 말했다.

"당연히 진짜 해적이지, 그러면 가짜 해적도 있소?"

"우리가 가짜 해적이지 않소?"

한수생이 그렇게 대답하는 중에, 비단잉어가 둘을 향해 말하는 큰 소리가 들려왔다.

"본래 재물을 빼앗으려 너희들의 배에 포를 쏘아본 것인데, 재물이라고는 없는 듯하니 하는 수 없이 너희들이 직접 재물이 되어야겠다. 둘의 발가락을 적당히 잘라 도망치지 못하게 만든 뒤에 노비로 삼아 아무 나라에나 팔아넘기겠노라."

한수생은 자신의 발가락을 내려다보았다. 벌써 발가락에서 힘이 빠지는 느낌이 들었다. 장희가 비단잉어에게 말했다.

"마님, 어찌 그런 말을 하십니까? 비록 대포고래 어르신과 같은 천하의 호걸께는 하잘것없이 보일지 모르겠으나, 우리 또한 한주에서는 제법 솜씨가 좋은 사람들입니다. 지금 저희 둘을 부하 해적으로 거두어주신다면 온 힘을 다해 열심히 같이 싸우며 해적질을 돕겠습니다. 하물며 저희는 평소에 대포고래 어르신과 비단잉어 마님의 이름을 전해 듣고 항상 흠모하여 언제나 마음속으로 두분 같은 호걸과 한번이라도 같이 해적질을 할 수 있다면 평생의 자랑이 될 것이라고 생각했습니다. 그런데 오늘 마침 이 넓은 바다에서 두분을 뵙게 되었으니, 이것은 서해 용왕이 맺어준 인연 아니겠습니까?"

장희가 말하며 한수생을 흘깃 쳐다보자, 한수생은 맞장구를 친답시고 고개를 끄덕였다. 장희는 이어서 말했다.

"오늘 저희를 졸개로 삼아주신다면, 적의 화살을 두려워하지 않고 가장 앞에 서서 맨가슴으로 맞설 것이고, 또한 마지막까지 도망치지 않고 배가 가라앉을 때에 이 목숨을 같이 버리겠습니다."

장희의 말에 비단잉어는 조금 마음이 이끌리는 것 같았다. 그러나 아직 별말은 하지 않고 있었다. 그러므로 해적 무리는 비단잉어가 처음 내린 명령대로 움직였다. 장희와 한수생을 붙들고 신발을 벗기고, 어느 발가락을 어떻게 자를지 의논하면서 한참 실랑이를 하고 있었다.

그렇게 시간이 지나고 있는데, 문득 바다 저편에서 화살 여러대가 날아왔다. 날아온 화살은 저마다 정확히 해적들의 다리에 깊이 박혔다. 해적들은 소리를 질렀다. 피가 튀었으며, 해적들이 고통으로 바다에 자빠져 뒹굴었다. 곧 배 위에 있는 해적들 중 절반이 화살을 맞았다.

누군가 다른 무리가 대포고래의 배를 공격하고 있었다.

"나무판 뒤로 몸을 숨겨라!"

비단잉어가 소리쳤다. 해적들은 흩어졌다. 그 틈에 장희와 한수생도 잠깐 풀려났다.

"저 작은 배로 가게!"

장희가 뱃전에 매달려 있던 조그마한 배를 가리켰다. 화살이 계속 내리꽂히고 있었으므로 한수생은 두려워 눈을 가린 채 장희가 가리킨 방향으로 뛰어갔다. 한편 장희는 한수생의 뒤를 따라가다가 양손에 든 쌍칼로 배를 매단 줄을 단숨에 잘라 끊어버렸다.

곧 커다란 물소리와 함께 장희와 한수생이 타고 있던 작은 배가 바닷물 위로 떨어졌다.

"독꽃게와 낫질귀신이 도망쳤다!" 하는 한 해적의 목소리가 들려왔다. 뒤이어 다른 해적이 욕설을 퍼부었다.

"방금 전까지만 해도 화살을 두려워하지 않고 앞에 나서며 도망치지 않고 배가 가라앉을 때까지 있겠다더니, 이렇게 맨 먼저 도망치는 썩어빠진 놈들이란 말인가?"

그 소리에 장희가 대답했다.

"닥치지 않으면 네놈의 발가락을 잘라 네놈 입에 처넣어주마! 내가 그렇게 말한 것은 우리를 부하로 받아준 후의 이야기였지 않느냐. 아직은 너희가 우리를 부하로 받아주기 전 아니냐. 너희들은 우리를 부하로 받아주기는커녕 노비로 팔아넘길 작당만 했으니, 어찌 우리가 너희를 위해 싸우겠느냐!"

한편 한수생이 화살이 날아오는 방향을 보니, 작지 않은 배 세척 정도가 있었다. 깃발에는 큰 글씨가 쓰여 있었는데 아마도 "여(餘)"자인 듯싶었다.

"이 배에 화살을 쏘는 것은 저기 여 자를 써넣은 배들이오. 저것들은 누구요?"

"누구인지는 모르겠으나. 우리도 저들 편인 척하는 수밖에 없소. 어서 옷을 벗어 깃발처럼 만들고, 거기에 똑같은 글자를 써넣고는 열심히 흔들어 저들에게 보이도록 하시오."

장희는 그렇게 말하고 서둘러 한수생의 옷을 벗겼다. 한수생은 장희가 갑자기 자기 옷을 벗기려 드니 깜짝 놀라서 몸을 웅크렸으나 그럴 때가 아니라는 것을 깨닫고 시키는 대로 옷을 벗고 거기에 글자를 쓰기로 했다. 글자를 그릴 만한 것이 없었으므로, 화살을 맞고 자빠진 '죽은 낙지'라는 별명의 해적을 붙들어 허벅다리에서 나오는 피를 묻혀 글씨를 썼다.

"살려주시오! 우리도 당신들과 한편이오! 살려주시오!"

한수생은 소리를 지르며 정신없이 옷으로 만든 깃발을 흔들었고, 장희는 날아오는 화살을 쳐내면서 두 칼을 휘둘러 덤벼드는 해적들을 상대했다.

대포고래의 배를 공격하는 적의 화살이 매서웠으므로 비단잉어는 일단 배를 돌리는 것이 좋겠다고 말했다.

커다란 대포고래의 배가 빠르게 움직이며 방향을 돌리자, 장희와 한수생이 탄 작은 배는 거기에 부딪혀 뒤집히고 말았다.

그 혼란한 통에 한수생이 물에 빠졌으며, 그러는 사이에 정신을 잃는지 기운이 빠지는지, 잠시 앞뒤도 모르고 그저 몽롱해지고 말았다.

얼마 후 정신을 차리고 보니, 한수생은 어느 정갈하게 장식된 방 한가운데에 비단 이불을 덮고 누워 있었다.

한수생은 이불을 걷어내고 일어나 앉았다. 그리고 주위를 살펴보았다. 그러나 아무리 보아도 자신이 어디에 있는 것인지 알 수가 없었다.

한수생이 앞을 보니, 붉은 비단옷을 입은 사람이 자신을 보며 앉아 있었다. 그 옷은 금실과 은실로 장식되어 있었는데, 그는 머리에도 금동으로 만든 꽃장식을 꽂고 있었으며 유리로 만든 장신구를 곳곳에 달고 있었다. 그리고 평생 흙먼지 한톨 묻어본 적이 없는 것 같은 뽀얀 얼굴로 깨어난 한수생을 보고 희미하게 웃고 있었다.

한수생은 너무도 신비롭고 또한 이상하다 생각하여 넙죽 엎드려 절을 했다.

"혹시 관세음보살이십니까? 그렇다면 제가 물에 빠져 죽은 송장이 되어 저승에 온 것입니까?"

그러자 붉은 옷을 입은 사람은 소리 내어 웃더니 이렇게 대답했다.

　"이곳은 저승이 아니라 백제 공주의 침실이며, 너는 송장이 되는 것이 아니라 공주의 남편이 될 것이니라."

3.

아, 계백 장군이시여!

한수생은 그제야 자신의 앞에 앉아 있는 화려한 차림의 사람이 공주라는 사실을 알았다. 그러나 의아함은 오히려 더욱 깊어졌다. 한수생은 우선 자리에서 일어나 공주에게 다시 공손히 엎드려 절을 하려 했다. 그런데 대포고래로 부터 도망쳐 이곳까지 오는 동안 이리저리 자빠지고 뒹구 느라 온몸이 쑤셨다. 절을 하려다가 한수생은 아파서 신음 소리를 냈다.

공주가 말했다.

"괜찮으냐? 그대는 그대의 몸을 귀하게 여기도록 하라. 백제 공주의 남편이 될 몸이니, 아껴야 하지 않겠느냐?"

공주의 얼굴에는 웃음이 가득하였다. 한수생이 공주에게 물었다.

"공주께 감히 여쭙습니다. 제가 알기로 태종 임금님과 홍무왕 김유신의 군대가 부여성을 무너뜨린 것이 벌써 오랜 옛날의 일이니, 백제가 멸망한 지는 이백년이 지났습니다. 그런데 어떻게 제가 백제의 공주를 만나게 된 것입니까? 혹 이곳은 저승이어서 제가 백제 공주님의 혼령을 만난 것입니까? 아니면 제가 환생하여 다시 태어나면서 세월을 거슬러, 삼국이 통일되어 한 집안이 되기 전의 세상에 온 것입니까?"

공주는 무엇이 재미있는지 우스워하고만 있었다.

한편, 이때 장희는 들짐승을 잡을 때 쓰는 덫같이 생긴 차꼬를 팔다리에 차고, 개를 끌고 다닐 때 쓰는 목걸이를 목에 쓰고, 허리에는 소나 말을 끌고 다닐 때 쓰는 쇠사슬을 묶은 모습으로 다른 사람에게 끌려가고 있었다.

장희를 끌고 가는 사람은 무거운 철판으로 만든 갑옷을 입고 있었다. 갑옷이 무척 무거워 보였는데도 그의 발걸음은 날렵했다. 그러나 발걸음을 내디딜 때마다 무거운 발자국이 바닥에 깊게 패었다.

장희는 끌려가면서 갑옷 입은 사람을 향해 말을 걸었다.

"장보고는 개밥과 같고."

그러나 갑옷 입은 사람은 장희를 이상한 얼굴로 살펴볼 뿐 대답하는 인사말을 하지 않았다. 이에 장희는 그가 해적 같지는 않다고 생각하게 되었다. 장희는 짐짓 조정의 고관대작들과 친한 사람인 척하며, 갑옷 입은 사람을 겁주려고 다른 말을 다시 이어 붙였다.

"장보고가 개밥과 같다는 말은 과연 맞는 말 아닌가? 천하갑영웅 장보고라고 하지만, 내가 보기에는 신라 조정에서도 장보고쯤은 개밥으로 여길 뿐이었소. 그러니 장보고 역시 신라 조정 사람들에게 미움을 받아 죽게 된 것이오. 요즘 신라 조정 돌아가는 일을 잘 아는 사람이라면 더욱더 그렇게 생각하지 않겠소?"

그런데 신라라는 말이 장희의 입에서 나오자 갑옷 입은 사람이 장희를 돌아보았다.

"너는 신라의 조정을 잘 아는 자인가?"

장희는 자신의 말에 관심을 갖는 것이 기뻐 그렇다고

대답했다.

"그러하오."

그 말을 듣자마자 갑옷 입은 사람은 성을 내며 쇠사슬을 거세게 잡아당겼다. 때문에 장희는 앞으로 자빠져 흙바닥에 나뒹굴게 되었다. 저절로 아프다는 소리가 나왔다. 갑옷 입은 사람은 계속 화가 나는지 쇠사슬을 끌어당겨 장희가 엎어진 채로 질질 끌려오게 만들었다.

갑옷 입은 사람이 말했다.

"신라는 부여성을 짓밟은 원수이니, 그 조정의 높은 벼슬아치라면 원수 중에서도 가장 한이 깊은 원수라고 할 수 있지 않겠는가. 어찌 영군(領軍) 장군이 되어 그대로 둘 수 있겠는가?"

장희는 무엇인가 일이 잘못되었다는 생각이 들었다. 장희는 쇠사슬에 이끌리는 채로 멈추라고 멈추라고 몇차례 외쳤다. 그러면서 이렇게 말했다.

"이보시게. 내가 신라 조정의 높은 벼슬아치일 리가 있겠소? 이 낡은 옷차림과 별 볼 일 없는 머리카락 장식을 보시오. 나를 보고 한번 생각해보시오, 영군 장군. 공께서는 스스로를 영군 장군이라고 부르셨소?"

"그렇다."

"이보시게, 영군 장군. 만약 내가 신라에서 높은 자리에 오른 진골 집안의 딸이라면 황금 장신구로 긴 머리카락을 휘감고, 꽃이 하늘거리는 무늬로 가득한 비단옷을 입고, 향기로운 술에 취하며 잘생긴 화랑들과 같이 노래나 부르며 놀고 있지 않겠소? 왜 돼지가죽이나 다를 바 없는 이런 거친 옷을 입고 소금기와 흙먼지가 가득한 헝클어진 머리카락을 휘날리며 쇠사슬에 끌려다니고 있겠소?"

그 말을 듣고 영군은 쇠사슬 당기는 것을 멈추었다.

"네가 방금 신라 조정을 잘 안다고 하지 않았느냐?"

"신라, 백제, 고구려의 말은 진나라, 위나라, 양나라의 말과 다르므로, 항상 그 말을 끝까지 들어봐야 무슨 뜻으로 한 이야기인지 잘 알 수 있는 법이오. 내가 신라 조정을 잘 안다고 하는 것은, 신라 조정과 친하기 때문이 아니라 오히려 신라 조정을 원수로 삼고 있기 때문이오. 신라 조정과 원한이 깊어 나는 그 원한을 갚기 위해 신라 조정이 어찌 돌아가는지를 세밀히 살폈다는 말이오. 옛날 계백 장군이 훨씬 적은 병사로도 김유신과 맞서 싸울 수 있었던 것도, 김유신의 군사가 어디로 어떻게 오는지 알고 있었기 때문이 아니오?"

영군은 계백 장군이라는 말이 나오자, 갑자기 무엇인가 마음속에 치밀어서 감동한 것 같았다.

"아, 계백 장군이시여!"

장희는 영군에게 다시 물었다.

"그대도 신라 조정을 원수로 삼고 있으며, 나도 신라 조정을 원수로 삼고 있소. 그러니 우리는 벗이라고 할 수 있으며, 같이 목숨을 걸고 싸울 수도 있으니 형제자매라고도 할 수 있지 않겠소? 그러니 이 쇠사슬을 풀어주고, 도대체 나를 어디로 끌고 가는 것인지 말해주시오."

장희가 달래는 말을 하는 동안 영군은 계백을 생각하며 감회에 빠져 있다가 서서히 깨어났다. 영군이 대답했다.

"너는 서경(西京)의 소서궁(召西宮)으로 가고 있다."

"서경이라고 하면 서쪽에 있는 서울이라는 뜻인데, 신라의 도성은 금성(金城)이니 나라의 위치로 보면 동쪽에 있지 않소? 어찌 서쪽에 서울이 있을 수 있겠소?"

"이곳은 신라의 도성이 아니라, 백제의 도성이다."

"여기가 백제의 도성이란 말이오?"

장희는 영군의 말이 이상하여 딛고 있는 땅과 하늘을 보았다. 장희가 다시 물었다.

"내가 대포고래의 배에서 도망쳐 왔으니, 필시 이곳은 서쪽 바다의 한가운데일 것이며, 아마도 내가 서 있는 이 땅은 서해 가운데에 있는 작은 섬일 것이오. 이 섬이 어찌하여 백제의 도성이란 말이오?"

"궁궐이 있고, 공주께서 머무르고 계시며, 장군들이 지키고 있다면, 그곳이 바로 도성이 아니겠느냐?"

영군은 대답했다.

말을 듣고 빠른 걸음으로 걸어 덤불을 헤치고 나가보니, 과연 멀리 돌과 흙으로 높게 벽을 쌓아놓은 것이 있고, 그 뒤로 크고 작은 기와집 몇채와 함께 여러 망루가 있는 풍경이 보였다. 그 모습은 성이나 요새처럼 보였다.

장희의 눈앞에 보이는 요새는 해적들이 외딴섬에 만들어놓은 도적 떼 소굴과 무척 닮아 보였다. 다만 보통 해적들의 소굴치고는 상당히 컸다.

영군이 요새를 가리켰다.

"이곳이 바로, 백제 공주께서 머물고 계신 소서궁이다."

영군은 소서궁을 보고 고개를 잠깐 숙여 예의를 갖추는 듯 하였다. 장희는 따라서 바닥에 엎드려 소서궁이라고 부르는 요새를 향해 몇차례 연거푸 절을 했다. 엎드려 절을 하는 장희를 보고 영군은 흐뭇한 듯 미소 지었다. 영군이 다시 말했다.

"간악한 천고의 원수 신라 김춘추가 당나라 임금을 속여서 사특하게도 감히 옛 백제의 도성을 무너뜨린 것이 이백년 전이니, 그 세월 동안 옛 백제의 백성으로 어찌 나라를 그리워하는 마음을 잊을 수 있겠느냐. 또한 빼앗긴 나라를 되찾고 김춘추에게 원수를 갚을 결심을 느슨히 할 수 있었겠느냐."

"과연 그렇소."

"마침, 바다에 상잠(霜岑) 장군이라는 영웅이 계셔서 이 섬에 근거를 두고 뜻있는 호걸들을 모아 다시 백제를 일으키고 신라를 무너뜨리기로 맹세했으니, 그것이 삼년 전의 일이다. 비록 지금은 우리 군사가 수십명에 지나지 않지만, 하늘의 뜻이 우리와 함께하고 있으며 이 바다에 빠져 죽은 십만 백제 군사의 한 맺힌 귀신들이 우리를 항상 도와주고 있으니, 우리는 곧 옛 백제 땅을 모두 되찾고 신라를 무너뜨릴 것이다."

영군의 말에 장희가 물었다.

"그렇다면 그대들은 백제를 되찾겠다는 이름으로 모인 해적 떼라는 이야기요?"

그 말을 듣자 영군이 다시 쇠사슬을 당겼다.

"해적이라니 어찌 그런 말을 할 수 있느냐! 우리는 다시 일어난 백제의 군사이니라. 상잠 장군께서는 내 재주를 알아주시어 나를 장군으로 삼으셨고, 이 섬에 터를 잡아 이곳을 백제의 새로운 도성이라 하여 서경이라고 부르기로 했으며, 옛 백제의 마지막 태자 전하의 후손 중에 그 손녀딸의 손녀딸의 손녀딸의 손녀딸 한분을 찾아 모시어 공주로 섬기기로 하였다. 그러니 백제의 새 주인이신 공주께서 계시는 궁전이 바로 저곳이니라."

4.

나흘 뒤
배 두척을 덮칠 계획입니다

소서궁이라 하는 요새에 들어서보니, 이런저런 옷차림으로 꼭 벼슬아치처럼 꾸민 무리가 좌우에 늘어서 있었다. 그러나 그들이 입은 귀한 옷들은 대부분 여기저기에서 훔쳐온 것인지 색깔이 저마다 달랐고 어울리지 않게 이리저리 섞여 있었다. 다만 그 옷을 입고 서 있는 무리의 모습만은 대단히 엄숙하여, 영군이 나타나자 정말로 높은 자리에 있는 대신이나 장군을 섬기듯이 공손히 인사하였다.

장희는 영군에게 이끌려 몇개의 문을 지났다. 마침내 중앙의 큰 건물로 들어섰더니, 넓은 터가 있었으며, 중앙의 높은 자리에는 멋들어진 의자가 하나 놓여 있었다. 과연 작은 나라의 궁전에서 임금이 앉는 자리 같아 보였으며, 한편으로는 높은 관리가 죄인을 다스리는 관청 같아 보였다.

좌우를 살펴보니 그 한편에 평상과 같은 자리가 하나 놓여 있고, 거기에 한수생이 앉아 있었다. 장희는 반가워 한수생에게 달려갔다. 장희는 다른 사람이 듣지 못할 만한 목소리로 다급하게 말했다.

"다행히 그대도 살아 있었구만. 어서 이곳을 빠져나가야 하오. 이곳은 고작 해적 떼 몇십 명이 모여 자신들이 신라를 무너뜨리고 백제를 다시 세우겠다고 떠드는 정신 나간 놈들의 소굴이오. 어서 도망쳐 나가야 하오. 나만 잘 따라오시오. 그러면 살아 나갈 수 있소."

장희의 말을 듣고 한수생은 뭐라고 대답하려고 했다. 그런데 말을 마치기도 전에 영군이 붙잡고 있던 쇠사슬을 다시 당겨 장희는 다시 자빠지며 끌려가고 말았다.

영군이 말했다.

"상잠 장군께서 나오시니라. 너는 예를 갖추도록 하라."

곧 건물 뒤편에서 한 남자가 나타났다. 그는 은실로 장식된 비단옷을 입었으며 수염을 곱게 기르고 있었다. 그 옆에는 비슷한 비단옷을 입은 그의 부하 둘이 칼을 차고 같이 걸어오고 있었다.

수염 기른 남자를 향해 영군은 고개를 숙였다. 그것을 보고 장희는 그가 상잠이라고 불리는 사람인 줄을 알았다.

장희는 곧 바닥에 엎드려 상잠을 향해 절을 했다. 한편 한수생은 어쩔 줄을 몰라하며 망설이다가 장희가 절을 하는 것을 보고 엉성하게 몸을 숙였다.

상잠이 말했다.

"이번 싸움에서 잡아온 적병이 둘이라는 이야기를 들었소. 영군 장군, 그 말이 맞소?"

영군이 대답했다.

"맞습니다. 그중 남자는 소서궁에서 지시가 있어 이곳에 머물고 있었고, 여자는 바닷가의 구덩이에 가두어두었다가 지금 상잠 장군의 판결을 받도록 이렇게 데려왔습니다."

그 말을 듣고 장희는 무릎으로 기어 상잠 앞으로 나아갔다. 장희가 말했다.

"장군, 소생은 참으로 온몸이 덜덜 떨리도록 감탄하였습니다. 저 또한 한산(漢山, 지금의 북한산을 말함)에 사는 사람으로 예로부터 백제가 망한 것을 원통해하며, 언제고 다시 백제가 다시 땅을 되찾을 수 있을까만을 평생 그려 왔습니다. 그런데 오늘 장군을 뵈오니 이제야, 영웅이 나타나 나라를 구할 수 있음을 믿겠습니다."

상잠은 빙그레 웃었다. 상잠이 장희에게 물었다.

"네가 한산에 사는 것과 백제를 그리워하는 것이 무슨 상관인가?"

이에 장희가 대답하였다.

"먼 옛날 국조(國祖, 백제의 온조왕을 말함)께서는 고구려 고주몽의 세번째 아드님으로 태어나셨으나, 큰 뜻을 품고 고구려를 떠나 남쪽으로 내려오셔서 새 땅에 새 나라를 세우려 하셨습니다. 이때 국조께서 처음 터를 잡으신 곳이 바로 한산에서 멀지 않은 곳이니, 한산은 백제가 시작된 곳이고 백제의 가장 중요한 땅이라고 할 수 있는 곳입니다. 어찌 한산에 살며 역사를 배운 사람으로 나라를 세운 국조의 높은 덕을 모르고, 백제의 빛나는 조종세업을 흠모하지 않겠습니까?"

상잠은 다시 웃었다. 상잠이 또 물었다.

"그렇다면, 영웅이 있어서 백제를 되찾을 수 있다고 한 것은 무슨 뜻인가?"

"지금 제가 여기 계신 영웅호걸 두분의 말씀을 들어보니, 한분은 상잠이라 하시고 다른 한분은 영군이라고 하셨습니다. 그런데 상잠, 영군이라는 말은 옛날 신라 태종(김춘추를 말함)께서 백제를 무너뜨린 직후에, 다시 백제를 되찾고자 일어나신 백제의 용사들 중의 두 영웅 복신, 도침을 기리는 말임이 분명합니다. 그때 사람들이 복신을 상잠 장군이라고 불렀고 도침을 영군 장군이라고 불렀던 것을 잊지 않고 지금 여기에서 다시 되살리고 계신 것임을 제가 왜 모르겠습니까? 그 어찌 아름다운 이름이 아니며, 고결한 뜻이 아니겠습니까?"

그 말이 맞는지, 이야기를 듣고 있던 영군도 고개를 끄덕였다.

장희는 다시 말을 이어나갔다.

"옛날 국조께서 제 고향 한산에 처음 나라를 세우셨을

때는 따르는 신하들이 열 사람뿐이라서 이름에 숫자 백이 들어가는 백제(百濟)가 아니라 숫자 십이 들어가는 십제(十濟)라고 불렀다고 합니다. 그런데도 백제는 점점 강성해져서 종묘사직이 칠백년을 이어가지 않았습니까? 이제 여기에는 신하 열 사람보다 훨씬 많은 의로운 무리가 있으며, 이렇듯 걸출한 영웅 또한 두분이 계신데 어찌 나라를 되찾지 못하겠습니까. 부디 저의 미약한 힘도 보태어 백제를 되찾기 위해 같이 싸우게 해주십시오."

장희의 말을 듣던 상잠은 잠시 껄껄 웃었다. 이에 장희는 괜히 그를 따라 웃었다.

잠시 후 웃음을 멈춘 상잠이 말했다.

"오갈 데 없이 바다에서 붙잡힌 것들이니, 저들 둘은 해적 아니면 죄를 짓고 도망친 시정잡배의 무리가 분명하다. 남자는 순하고 멍청한 것 같으니 노비로 삼아서 허드렛일을 하게 하면 된다. 그러나 여자는 말을 잘하고 간사한 것을 보니 분명 옛날 장보고의 무리를 따라다니며 장사를 하던 자임에 분명하다. 그러니 당장 저자의 두 팔을 먼저 잘라 죄를 묻고 그후 머리를 잘라내어 소서궁 입구에 높이 매달아두도록 하라."

자신을 죽인다는 말에 장희는 깜짝 놀랐다. 장희가 외쳤다.

"상잠 장군, 그게 무슨 말씀이십니까? 백제를 되찾기 위해 이 목숨을 바치고자 하는 충정을 어찌 모르십니까?"

상잠이 대답했다.

"너는 신라를 미워하고 백제를 그리워한다면서, 말을 할 때에는 무심코 간악한 천고의 원수인 신라 김춘추를 두고 '태종'이라고 높여 불렀다. 신라를 미워하며 백제를 그리워한다는 네 마음이 진실일 리가 없다."

"장군, 억울합니다. 말이 헛나온 것뿐입니다. 간교한 김춘추의 더러운 해골을 무덤에서 파내어 밟고 밟아 백번 으깨고 싶은 것이 제 마음이거늘, 목숨마저 백제를 위해 바치고 싶다는 충성스러운 마음을 어찌 몰라주십니까?"

그러나 상잠은 고개를 저었다.

"목숨을 바치고 싶다면 지금 그냥 바치도록 하라. 간악한 천고의 원수 김춘추를 태종이라고 부른 것만으로도 죄는 가볍지 않으니라."

곧 상잠의 뒤에 서 있던 칼잡이 두 사람이 나와 장희를 끌고 나가려 했다. 건물 밖으로 나가자마자 칼을 휘두르려는 듯싶었다.

그러자, 한수생이 나섰다. 한수생은 상잠이 앉아 있는 높은 의자 앞으로 나아갔다.

"장군, 부디 저 낭자의 목숨만이라도 살리시어 저와 같이 노비가 되게 해주십시오. 비록 저 낭자가 오늘 헛말을 한마디 했을지는 모르겠으나, 본시 의롭고 착한 성품으로 제 목숨을 구해준 은인입니다. 둘이 같이 노비가 되면 살려주신 은혜를 생각하여 힘을 다해 일할 것입니다. 그러니 부디 목숨만 살려주실 수는 없으시겠습니까?"

상잠이 말했다.

"우습구나. 해적 심부름꾼도 되지 못할 노비 한놈이 백제의 대장군에게 이리 하라, 저리 하라 말을 하느냐? 저 장보고 졸개가 혼자 죽는 것이 그토록 안타깝다면, 너도 같이 죽도록 하라."

그리고 상잠은 장희와 한수생을 모두 처형하라고 지시했다. 이에 칼잡이들은 한수생까지 자리에서 끌어내려

했다.

한수생은 눈물을 글썽이며 장희에게 말했다.

"낭자, 미안하오. 낭자는 내가 목숨을 잃을 뻔할 때마다 구해주었는데, 나는 낭자에게 힘이 되지 못했소."

장희는 자신이 한수생을 버려두고 가려고 했던 일이 기억났다. 장희는 이제 곧 목이 잘릴 판이니 한수생이 미안해하지 않도록 그 일을 말하고자 했다. 장희가 말했다.

"그렇지 않소."

장희가 그뒤의 말을 이어나가려고 하는 그때, 갑자기 건물 뒤쪽에서 크게 외치는 어느 목소리가 들렸다.

"공주께서 나오십니다!"

그러자 높은 자리에 앉아 있던 상잠은 일어나 의자를 비우고 옆으로 비켜섰다.

곧 상잠이 걸어 나왔던 뒤편의 통로로 장검을 찬 시녀 두 사람이 먼저 나타났다.

시녀들은 까만 옻칠을 한 갑옷을 입고 있었는데 옻칠이 잘 되어 있어 검은빛이 반짝였으며, 갑옷 아래에는 수가 놓인 비단옷을 입고 있어 과연 공주의 곁에 있어도 어울릴 만해 보였다. 뒤이어 공주가 나올 때가 되자 자리에 있던 모든 사람들이 무릎을 꿇고 엎드렸다.

드디어 공주가 나타났으니, 한수생은 반가워 그를 불렀다.

"공주님! 공주님!"

그러자 상잠이 한수생을 꾸짖었다.

"노비가 될 잡배의 몸으로 무례하게도 공주께 말씀을 올리려 드느냐?"

그러나 공주는 한쪽 팔을 소리 없이 들었다. 공주가 팔을 드니, 말은 한마디도 하지 않았는데도 상잠은 말을 멈추고 다시 고개를 숙였다.

공주가 팔을 들자 눈부신 옷자락이 흔들리는 것을 보고, 한수생은 선녀가 날개옷을 입고 날아다니는 모습이 저렇게 보일까 감탄하였다.

공주는 싱글거리며 웃고 있었다. 공주가 말했다.

"상잠 장군, 무례한 것은 장군이 아닌가? 내가 저 남자를 만나보니, 저자는 말을 고분고분히 잘 들으며 나를 속일 줄을 모르니 참되다고 할 것이요, 또한 시키는 일은 싫

은 기색 없이 잘하므로 착하다고 할 것이요, 게다가 어깨
는 넓고 목줄기에는 힘을 쓸 줄 아는 튼실함이 가득하니
아름답다고 할 수 있을 것이니라. 이렇듯 진선미(眞善美)
를 한 몸에 갖추고 있어 내가 남편으로 삼기로 하였는데,
어찌 장군은 이 나라 백제의 주인인 공주의 남편을 두고
노비니, 잡배니 하느냐?"

상잠은 바닥에 머리를 한번 찧었다.

"공주께서는 부디 아량을 베풀어 제 죄를 용서해주십
시오."

그리고 상잠은 주위의 졸개들에게 말했다.

"너희들은 어서 저기 계신 분을 다시 자리에 모셔드리
되, 만약 자리가 불편하다 하시면 너희들이 방석 대신에
엎드려서 그 위에 앉을 수 있도록 해드려라."

상잠은 다시 공주를 향해 말했다.

"국법에 따르면 공주께서 남편으로 삼으시는 분께는
도위(都尉)의 벼슬을 드리도록 되어 있으니, 우선 저분을
도위 서리(署理)로 삼는 것이 옳을 줄로 아룁니다. 또한 무
례를 범한 죄를 제가 스스로 알고 있으니, 부디 벌을 내려

주십시오."

그러자 공주가 소리를 내어 웃었다.

"장군은 항상 가벼운 농담에도 그와 같이 무겁게 벌을 내려달라, 죄를 물어달라는 말을 너무 좋아하는 것이 흠이다. 어찌 내가 장군에게 벌을 내리겠느냐?"

그 말을 듣고 상잠은 "성은에 하례합니다"라고 말하며, 공주를 향하여 네번 절하였다. 그리고 공주 앞에 등을 보이고 서서 사람들을 내려다보며 말했다.

"도위 서리가 되신 분께는 실제로 도위와 같은 예의를 갖춰야 하니, 여기 계신 분을 두 대장군의 바로 아래에 있는 벼슬로 대하도록 하라."

그러자 서 있던 사람들은 모두 고개를 숙이며 그렇게 하겠다고 대답했다.

"또한 도위와 함께 잡힌 저 장보고의 졸개는 지금 당장 깨끗이 처형하여라. 그리하여 앞으로 도위께서 저 신라의 벌레 같은 자와 함께 있었다는 사실을 모든 신하들이 잊도록 하고, 다시는 말을 꺼내지 않도록 하라."

상잠의 말이 엄숙하였으므로 병사들은 당장이라도 장

희의 목을 향해 칼을 내리칠 듯하였다.

이에 장희가 공주가 앉아 있는 방향을 보며 빠르게 말했다.

"삼한의 천추 원수인 저 간교한 김춘추가 백제의 부여성을 무너뜨린 것이 벌써 이백년 전의 일이 아닙니까? 지금 여기에 있는 모든 사람들은 다들 신라 땅에서 태어나, 신라 사람들과 함께 살며, 신라 땅에서 난 곡식과 고기를 먹으면서, '너는 신라 사람이다'라는 말을 듣고 자라난 사람들일 것입니다. 그렇지 않습니까?"

장희가 묻는 말투로 말했으나 답하는 사람은 없었다. 장희는 이어서 말했다.

"그런데도 우리는 충심으로 백제 공주를 받들어 모시며, 다시 백제를 되찾으려 하고 있습니다. 이것은 우리가 신라에서 태어나 자랐지만 백제에 대한 의로운 마음을 품고 있기 때문입니다. 그렇지 않습니까? 저 또한 비록 신라 땅에서 태어나 신라 사람이라고 들으며 산 것은 여기 있는 다른 이들과 다르지 않으며, 백제를 되찾을 충심에 온몸이 불타오르는 듯한 것은 지금 여기 있는 어느 사람보다도 더합니다. 어찌 저를 신라의 졸개라고 하십니까? 저는 백제의 충신입니다.”

그 말을 듣자 공주가 다시 웃음을 지었다.

게다가 한수생까지 다시 나와 엎드려 고개를 숙이면서 공주를 향해 말했다.

“저분은 제 생명을 구해준 은인이십니다. 부디 목숨을 구해주십시오.”

공주는 웃으며 뭐라고 말하려다가 잠시 웃음을 멈추었다. 그리고 머뭇거리는가 싶더니, 상잠에게 물었다.

“장군, 저자를 살려준다면 어떻겠는가?”

그러자 상잠이 다시 공주 앞에 몸을 숙였다.

“만약 도위께서 제대로 명을 내리신다면, 싸움터에서 붙잡은 적병 하나의 목숨을 살려주는 것은 별일이 아닐 줄로 압니다. 다만 도위께서는 아직 진실로 도위 벼슬을 받은 것이 아니라 도위 서리이십니다. 지금 당장은 명을 내리실 수 없습니다. 그러니 우선은 저자를 옥에 가두어 두도록 하는 것이 옳습니다.”

“그러한가?”

공주는 그렇게 되물었다. 상잠은 곁눈질로 공주의 표정을 세심히 살폈다. 상잠이 이어서 대답했다.

"국법에 따르면, 이 나라의 모든 관리는 싸움터에 나아가 신라 군사를 무찌르는 공을 세우고 난 뒤에야 관리가 될 수 있습니다. 도위께서도 신라 군사와 싸워 이기고 나시면 그때 진실로 도위 벼슬에 오르게 될 것입니다. 그렇게 되면 도위께서는 뜻대로 저자의 목숨을 살려주실 수 있습니다."

이때 한수생은 무슨 말을 하는지 영문도 모르고 듣고만 있었다. 그런데 신라 군사와 싸운다는 이야기가 나오자 정신이 번뜩 들었다. 한수생이 말했다.

"공주님, 그렇다면 제가 신라의 관군과 싸워야 한다는 뜻입니까?"

상잠은 그 말을 못 들은 것 같았다. 상잠은 장희를 붙잡고 있는 영군에게 물었다.

"영군 장군, 우리가 다음으로 신라의 관청에서 조세와 보물을 운반하는 배를 빼앗는 것은 언제로 계획되어 있는가?"

"나흘 뒤에 신라 관청의 배 두척을 덮칠 계획입니다."

상잠이 다시 공주에게 말했다. 이번에 상잠은 히죽 웃는 얼굴이었다.

"그렇다면 나흘 뒤 신라 관청의 배를 공격할 때에 여기 도위께서 병사들을 이끌고 나가시고, 신라 군사들을 공격해보시면 어떻겠습니까? 도위께서 신라 군사들로부터 재물을 거두어오는 데 성공하신 후, 그때 도위를 도위 서리가 아니라 진실로 도위 자리에 모신다면 기뻐하지 아니하는 사람이 없을 것입니다. 이후에 도위의 명으로 저 신라 졸개의 목숨을 구하는 것이 바로 국법에 합당하겠습니다."

상잠의 말이 끝나자, 아무도 말을 더하는 사람이 없었다. 다만 한수생이 낮게 혼잣말로 중얼거리는 소리가 장희에게 들려왔다.

"나보고 해적들을 이끌고 신라 군사들이 운반하는 조세를 빼앗아오란 말인가? 나보고?"

이윽고 공주가 다음과 같이 말했다.

"상잠 장군의 말대로 하라."

그리고 공주가 자리에서 물러나니, 그 자리의 다른 모든 사람들은 공주가 앉아 있던 빈자리에 네번 절을 하고 나서 흩어졌다.

5.

드디어 죽을 때가 되었구나

한수생은 갈 곳을 몰라 서 있기만 했다. 그러고 있자니 공주의 명령을 받은 시녀들이 한수생에게 찾아왔다. 시녀들은 한수생에게 소서궁 이곳저곳을 다니며 이런저런 일을 하라고 부탁하였다. 몸을 씻으라고 하거나, 새로 옷에 장신구를 달도록 치수를 재게 했다. 또한 그러는 사이사이에 공주도 한수생을 불러 공주의 남편으로서 해야 하는 일이 있다면서 갖가지 명령을 내렸다. 한수생은 분주히 그에 따라야 했다. 그러나 이런저런 일을 하면서도 한수생은 신라 군사와 싸우러 간다는 걱정을 떨칠 수 없었다.

저녁 무렵이 되어서야 한수생에게는 한가한 틈이 잠시

생겼다.

"어쩌면 좋은가. 내가 어찌 신라의 군사와 싸워서 이길 수가 있겠는가. 나흘 뒤면 나는 싸우다 죽을 목숨이 아니겠는가."

한수생은 그렇게 탄식했다. 그 모습을 본 시녀 중 한 사람이 말했다.

"도위께서는 밤이 되기 전에 반드시 아름다운 노래를 익히어 공주께서 잠이 들 때에 옆에서 부르라고 분부하신 것을 잊으셨습니까? 어찌 노래는 익히지 않고 한숨만 쉬고 계십니까?"

한수생은 시녀에게 잘못했다고 하고 이런저런 아는 노래들을 불러보았다. 그런데 생각나는 대로 노래를 부르다 보니, 장희가 '무슨 문제든 다 풀어준다'는 깃발을 걸어 놓고 사람들이 쳐다보도록 노래를 부르던 것도 생각났다. 그렇게 장희의 노래를 따라 흥얼거리다보니, 한수생은 장희를 찾아가 어떻게 하면 좋을지 물어보아야겠다는 생각이 들었다.

한수생은 장희가 갇혀 있는 곳을 시녀와 병졸에게 묻고

또 물었다. 그렇게 해서 한수생은 파도 소리가 들리는 바닷가 근처의 한 구덩이에 도착했다. 구덩이 안을 내려다보았더니, 과연 그곳에 장희가 갇혀 있었다.

한수생이 말했다.

"상잠 장군의 명령으로 우리가 죽게 되었을 때, 내가 미안하다고 했더니 낭자가 '아니다'라고 하지 않았소? 그랬더니 과연 공주가 나타나 우리를 살려주었소. 그때 우리가 죽지 않을 줄 어찌 아셨소? 과연 낭자의 지략은 신묘하오. 이제 나흘 후에 신라의 관군과 싸울 때는 어찌해야 하겠소? 상잠 장군은 보기에는 지혜로운 사람인 것 같은데, 어찌 칼 한번 잡아보지 못한 나에게 신라 군사와 대적하라는 명을 내렸는지 도무지 모르겠소."

장희는 깊은 구덩이 바닥에 벌러덩 드러누워 있었다. 아직도 몸 곳곳에 쇠사슬이 묶여 있었다.

"상잠은 영리해서 그대를 신라 군사와 싸우도록 보내는 거요."

"낭자, 그게 무슨 이야기요? 질 게 뻔한 싸움터에 사람을 보내는 장군도 있다는 말이오?"

한수생의 말을 듣고 장희는 소리 내어 웃었다.

"백제 임금님 놀이를 하고 있는 이 얼빠진 해적 떼를 이끄는 두령은 상잠과 영군 두 사람이오. 그런데 공주가 남편을 데려와서 두령이 하나 더 생기면 그만큼 상잠은 자기 뜻대로 이 떼거리를 다스리기가 어려워지게 되지 않겠소? 그러니 공주가 남편을 데려오면 겉으로는 도위 벼슬을 주니, 도위 서리로 삼으니 하며 떠받드는 척하지만 사실은 험한 싸움터에 보내어 얼른 죽어 없어지도록 하는 거요."

한수생은 장희의 설명을 듣고 놀랐다.

"낭자, 그렇다면 일부러 죽으라고 나에게 도위 벼슬을 준다는 말이오?"

"제정신이 아닌 해적 떼가 붙여주는 이름표 따위가 무슨 벼슬이라고 할 게 있겠소? 아마도 공주가 남편으로 삼으려고 끌어들인 남자들마다 이와 같이 다 싸우다가 죽었을 테니, 이 해적 떼 사이에서 공주의 남편이라는 자리는 황금 장식을 하고 비단옷을 입은 채로 목이 잘리기를 기다리는 자리라고 할 수 있을 거요."

한수생이 다시 장희에게 물었다.

"그러면 이제는 어찌해야 좋겠소, 낭자?"

장희는 옆으로 돌아누우며 눈을 감았다.

"오늘은 하루 종일 이 해적 놈들에게 시달리다보니 너무 몸이 고단하여 더이상 말도 못하겠고, 생각도 못하겠소."

한수생이 애절하게 다시 장희를 부르는데, 마침 근처에서 인기척을 느낀 졸개 하나가 장희가 갇혀 있는 곳으로 오는 듯하였다.

하는 수 없이 한수생은 다시 도망쳐야 했다. 다만 한수생의 목소리가 애처로웠는지, 장희는 한수생이 가기 전에 이렇게 이야기해주었다.

"영군이라고 하는 자는 힘이 세고 무예가 출중해 보였으니, 그자에게 물어보면 어떻게 싸워야 할지 무슨 이야기든 들을 수 있을지 모르겠소."

한수생은 장희의 말을 잊지 않고 곧 영군을 찾아갔다.

영군은 요새의 뒤편 공터에 있었다. 밤이 깊었는데도 그는 긴 창을 휘두르며 무예 연마를 게을리하지 않았다.

한수생은 먼저 영군에게 인사의 말을 했다. 그리고 영

군의 무예에 대해 칭송하며 감탄했다. 그러고 나서 이렇게 물었다.

"도대체 제가 어떻게 해야 신라 군사와 싸워서 살아남을 수 있겠습니까, 장군?"

그러자 영군은 다시 한번 허공에 창을 휘둘러 보였다. 그리고 이렇게 대답했다.

"힘써 무예를 연마하고, 백제를 되찾는 일에 목숨을 걸겠다는 각오로 죽음을 두려워하지 않고 덤비면 간혹 이길 수도 있는 일 아니겠습니까?"

한수생은 그 말을 듣고 영군이 휘두르는 창을 자신도 붙잡아 비슷하게 따라 해보려 하였다. 그러나 창이 너무 무거워 한수생은 제대로 들고 있을 수조차 없었다. 한수생은 영군에게 말했는데, 그 목소리가 간곡했다.

"장군, 그러나 저는 창칼을 잡아본 적이 없고, 도끼와 몽둥이는 도무지 힘에 걸맞지 않으니 도대체 무슨 무예를 어떻게 익히는 것이 좋단 말입니까?"

영군이 대답했다.

"지금 소서궁의 남쪽 아래 터에 가면 움막 세곳이 있는데, 그 움막에 새로 온 병사 세 사람이 있습니다. 그 셋이 도위께서 이끌고 나가 함께 신라 배를 공격할 무리입니다. 우리는 항상 새로 온 병사들에게 서대사법(西臺射法)을 가르치니 도위께서도 그들과 같이 서대사법을 익혀보시면 어떻겠습니까?"

한수생이 되물었다.

"서대사법이란 무엇입니까?"

"옛날 고구려의 고담덕(高談德, 광개토대왕을 말함)이 백제에 쳐들어와서 군사들이 크게 패하고 백제가 위태로워졌을 때, 싸움을 잘하는 장수와 병졸 들이 많이 죽었습니다. 그러므로 급히 다시 병사들을 모으기 위해, 노인과 아녀자 들을 서대(西臺)라는 곳에 불러 모아놓고, 아주 쉽게 화살을 쏘면서도 적을 괴롭히기에는 좋은 방법을 알려주며 연습을 시켰다고 합니다. 바로 그것을 서대사법이라고 부릅니다."

"그러면 요즘 장군과 장군의 부하들이 화살을 쏘는 수법도 바로 서대사법입니까?"

"그렇습니다. 대대로 전해 내려왔으니 지금은 서대사법

이 바로 우리의 장기이며, 우리 군사가 화살을 쏘는 것이 매섭다고 하여 서해의 여러 해적이 모두 두려워하는 까닭도 바로 서대사법 때문입니다."

그러면서 영군은 서대사법을 배울 수 있는 책과 활과 화살이 있는 창고를 알려주었다.

한수생은 영군의 말을 듣고 창고로 가서 책과 무기를 챙겼다. 그리고 자신과 함께 싸울 세 졸개를 찾아 움막이 있는 곳으로 내려갔다. 한수생은 움막을 돌며 세 졸개에게 책과 무기를 나누어주었다. 그리고 나흘 뒤에 신라 군사와 싸우러 떠날 때까지 서대사법을 열심히 연마하라고 당부하였다.

그러면서 한수생은 그 졸개들에게 도대체 어떻게 해서 여기에 오게 되었는지 물어보았다.

첫번째 졸개에게 가니, 첫번째 졸개는 이렇게 말했다.

"저는 지난가을에 주사위 노름에 빠져 모아놓은 곡식을 다 잃었으며, 그다음에는 땅을 모두 팔아 재물을 만들었는데 역시 노름꾼이 나보다 주사위 노름을 잘하는 바람에 그것마저 다 잃었습니다. 그리고 나서는 형제와 부모의 집과 땅을 몰래 빼돌려 다시 노름을 했는데 또 노름꾼에게 패해 가진 재물을 모두 잃고 말았습니다. 그런 꼴을 당하고 나니, 어찌 신라 조정을 원수로 생각하지 않겠습니까?"

한수생이 물었다.

"노름에 이겨서 재물을 가져간 것은 노름꾼인데, 왜 신라 조정이 원수라는 거요?"

그러자 첫번째 졸개가 이렇게 대답했다.

"제가 가진 것을 모두 잃고 막막해하고 있을 때, 상잠 장군께서 보내신 백제의 검사(劍士)가 오셔서 말씀하시기를, 이것은 저의 잘못이 아니라 바로 신라 조정이 백제를 간교하게 짓밟았기 때문이라고 하셨습니다."

"그게 무슨 말이오?"

"신라 조정이 사악한 꾀로 백제를 무너뜨린 뒤로, 신라 조정에는 속임수에 밝고 악행을 꺼리지 않는 무리만 가득하게 되었습니다. 그러므로 노름을 벌이는 약아빠진 노름 꾼들이 있어도 조정에서는 잡아가지 않고, 몰래 부모 형제의 땅을 팔아 노름 밑천으로 삼는 일이 있다 해도 조정에서는 그것을 무효로 만들어주지 않습니다. 신라 조정의 간교한 자들은 그런 것을 오히려 좋아하기 때문입니다."

"그러합니까?"

"그렇습니다. 이렇듯 신라 조정이 간특하여 제가 이렇게 망한 것이나 다름없으니 어찌 제가 그 원수를 갚지 않겠습니까? 제가 이 손으로 저를 망하게 한 신라 조정을 무너뜨리고 그렇게 해서 옳은 일과 바른 일을 하는 백제가 다시 세워지면, 저같이 억울한 사람이 더는 없을 것이며 저는 재산을 되찾아 남부럽지 않게 살 수 있을 것입니다."

한수생은 첫번째 졸개에게 당부했다.

"좋소. 그렇다면 반드시 신라 조정을 이길 수 있도록 나흘 동안 서대사법을 열심히 연마하시오."

첫번째 졸개가 대답했다.

"내 평생의 원수를 갚을 길이니, 목숨을 걸고 활 쏘는 것을 연습하겠습니다."

그리고 한수생이 두번째 졸개에게 가니, 두번째 졸개는 이렇게 말했다.

"저는 지난봄에 술을 팔면서 춤을 구경하는 곳에 드나

들기 시작했습니다. 처음에는 매일 한두잔의 술을 마시는 것에 지나지 않았습니다. 그러나 맛을 보다보니 세상에 향기로운 술은 끝없이 많았으며, 같이 어울려 춤을 추다보니 세상에 기분 좋은 몸짓도 끝없이 많았습니다. 그러다보니 곧 매일같이 밤을 새우며 술에 취하게 되었습니다. 다만 그래도 부모께서 물려주신 재물이 많아 굶주리지는 않을 수 있었습니다. 그러나 어느 밤에 가장 기분이 좋게 취했을 때 춤꾼들을 모두 집에 데려와 불춤을 같이 춘 적이 있었는데, 그만 술에 취해 실수를 하는 바람에 집에 불이 나서 모든 재산이 다 타 없어지고 말았습니다. 또한 불이 옆집으로 번져서 옆집도 불타 없어졌으니, 신라 조정에서는 저 때문에 옆집까지 망했다고 하여 제게 벌을 주려 하였습니다. 그런 꼴을 당하고 나니, 어찌 신라 조정을 원수로 생각하지 않겠습니까?"

한수생이 물었다.

"취해서 불을 내게 된 것은 술에 취했기 때문인데, 왜 신라 조정이 원수라는 거요?"

그러자 두번째 졸개가 이렇게 대답했다.

"제가 가진 것을 모두 잃고 막막해하고 있을 때, 상잠 장군께서 보내신 백제의 검사가 오셔서 말씀하시기를, 이 것은 저의 잘못이 아니라 바로 신라 조정이 백제를 간교 하게 짓밟았기 때문이라고 하셨습니다."

"그게 무슨 말이오?"

"말씀인즉, 신라 조정이 사악한 꾀로 백제를 무너뜨린 뒤로 신라 조정에는 속임수에 밝고 악행을 꺼리지 않는 무리만 가득하게 되었습니다. 그러므로 불이 난다고 해도 달려와서 불을 꺼줄 수 있는 사람을 조정에서는 충분히 마련해두지 않았습니다. 때문에 작은 불도 크게 번지게 되었던 것입니다. 게다가 누군가의 집이 불에 타서 망했 다고 해도 조정에서는 그것을 위로하기는커녕 불을 낸 죄 를 씌우니 죗값으로 재물을 뜯어갈 궁리만 하고 있는 판 입니다. 이러니 어찌 신라 조정에 간교한 놈들만 가득하 다고 하지 않겠습니까?"

"그러합니까?"

"그렇습니다. 이렇듯 신라 조정이 간특하여 제가 이렇 게 망한 것이나 다름없으니 어찌 제가 그 원수를 갚지 않겠습니까? 제가 이 손으로 저를 망하게 한 신라 조정을 무너뜨리고 그렇게 해서 옳은 일과 바른 일을 하는 백제가 다시 세워지면, 저같이 억울한 사람이 더는 없을 것이며 저는 재산을 되찾아 남부럽지 않게 살 수 있을 것입니다."

한수생은 두번째 졸개에게 당부했다.

"좋소. 그렇다면 반드시 신라 조정을 이길 수 있도록 나흘 동안 서대사법을 열심히 연마하시오."

두번째 졸개가 대답했다.

"내 평생의 원수를 갚을 길이니, 목숨을 걸고 활 쏘는 것을 연습하겠습니다."

세번째 졸개에게 가니, 세번째 졸개는 이렇게 말했다.

"저는 작년 여름에 빚을 내어 물이 잘 들어오지 않아 아무도 사지 않으려는 비탈의 밭을 샀습니다. 그리고 거기에 콩 농사를 크게 지었습니다. 물이 잘 들어오지는 않았지만 재작년에 비가 많이 오는 것을 보았으므로 물이 부족하지는 않을 거라고 생각했습니다. 그런데 작년에는 비가 별로 오지 않았으므로 농사는 모두 망했고 빚 때문에 저는 제 몸을 노비로 팔아야 할 지경이 되었습니다. 그런

꼴을 당하고 나니, 어찌 신라 조정을 원수로 생각하지 않
겠습니까?"

한수생이 물었다.

"비가 오지 않은 것은 하늘의 뜻인데, 왜 신라 조정이
원수라는 거요?"

그러자 세번째 졸개가 이렇게 대답했다.

"제가 가진 것을 모두 잃고 막막해하고 있을 때, 상잠
장군께서 보내신 백제의 검사가 오셔서 말씀하시기를, 이
것은 저의 잘못이 아니라 바로 신라 조정이 백제를 간교
하게 짓밟았기 때문이라고 하셨습니다."

"그게 무슨 말이오?"

"본시 하늘은 선한 자를 돕고 악한 자를 벌하는 법입니
다. 그런데 신라가 사악한 꾀로 백제를 무너뜨렸으니, 어
찌 하늘이 신라를 미워하여 벌하려 하지 않겠습니까? 또
한 이렇게 사악한 꾀를 부리는 무리가 조정에 가득하니
그자들 역시 하늘이 미워할 것은 당연합니다. 때문에 하
늘이 노하시어 신라 땅에 비를 내려주지 않은 것 아니겠
습니까? 게다가 나라는 부모가 자식을 보살피듯 백성을

보살펴야 하는 것이 당연한 도리입니다. 하지만 농사가 망하여 빚을 갚지 못하고, 굶고, 노비가 될 판인데도 조정은 저를 돌보아주지 않았습니다. 벼슬아치들은 제가 바닥까지 망해서 이제 곧 죽을 판이 되었는데도 자기들의 배를 불리며 놀고먹을 궁리만 하고 있으니 조정의 관리들이 저를 죽인 것이나 다름없는 것 아니겠습니까?"

"그러합니까?"

"그렇습니다. 이렇듯 신라 조정이 간특하여 제가 이렇게 망한 것이나 다름없으니 어찌 제가 그 원수를 갚지 않겠습니까? 제가 이 손으로 저를 망하게 한 신라 조정을 무너뜨리고 그렇게 해서 옳은 일과 바른 일을 하는 백제가 다시 세워지면, 저같이 억울한 사람이 더는 없을 것이며 저는 재산을 되찾아 남부럽지 않게 살 수 있을 것입니다."

한수생은 세번째 졸개에게 당부했다.

"좋소. 그렇다면 반드시 신라 조정을 이길 수 있도록 나흘 동안 서대사법을 열심히 연마하시오."

세번째 졸개가 대답했다.

"내 평생의 원수를 갚을 길이니, 목숨을 걸고 활 쏘는 것을 연습하겠습니다."

한수생은 세 졸개에게 서대사법을 연마하라고 당부하는 것을 마치고 자신도 공주의 침실로 돌아갔다. 그리고 한수생은 나흘 동안 틈이 날 때마다 서대사법에 따라 활을 쏘는 것을 익혔다.

"조금이라도 화살을 잘 쏘게 되어야 내가 살아날 구멍이 생긴다. 화살 쏘는 것을 한번 연습할 때마다 그만큼 내 목숨이 살아날 구멍이 넓어진다."

한수생은 그렇게 되뇌면서 힘을 다해 대단히 많은 화살을 쏘아보았다. 활시위를 당기는 팔에 힘이 너무 많이 들어가는 바람에 힘줄을 따라 시퍼렇게 멍이 들었으며 손가락과 손바닥에는 온통 물집이 잡혔다가 터져 피가 철철 흐를 정도였다. 그래도 한수생은 멈추지 않고 장갑을 구해서 끼고 더욱 열심히 활 쏘는 재주를 익혔다.

한수생은 활 구경을 해본 적도 많지 않았기 때문에 처음에는 활쏘기가 대단히 엉성하였다. 그러나 서대사법을 꾸준히 따라 해보니, 과연 활 쏘는 것을 모르는 사람에게 특히 유용한 방법이었다.

"화살 한대로 먼 데에 있는 작은 과녁을 맞히는 것은 어려우나, 여럿이 모여서 많은 병사가 모여 있는 곳에 한꺼번에 쏘면 여러 화살 중에 반드시 몇개는 맞아 들어갈 수 있는 것이 서대사법이다. 그러니 어찌 정묘한 수법이 아니겠는가? 또한 활 쏘는 것을 잘 알지 못하고 활시위 당기는 힘이 약한 사람이라도 조금씩 단련하며 익힐 수 있도록 되어 있으니, 과연 이곳 사람들이 뛰어난 무예로 자랑할 만하다."

이에 한수생은 기뻐하며, 세 졸개를 찾아갔다. 한수생은 졸개들에게 이렇게 물었다.

"그대는 서대사법을 얼마나 익혔소?"

그러자 세 졸개는 각각 이렇게 대답했다.

"신라 조정에서는 아직도 노름꾼들을 붙잡아 가지 않았으므로 그놈들을 언제고 다시 만나면 저는 또 노름을 하게 될지도 모릅니다. 그렇게 되었을 때 져서는 안 되기 때문에 저는 하루 종일 주사위 노름을 하며 이기는 법을 궁리하였습니다. 주사위 노름을 하다보니 어쩔 수 없이 활을 쏠 틈이 거의 없었으므로, 화살은 두발을 쏘아보았을 뿐입니다. 이 또한 간교한 신라 조정에 제가 아직까지도 당하고 있는 것입니다."

"신라 조정의 사악한 관리들에게 붙들려 갔을 때에 그놈들이 내 다리를 묶었던 적이 있으니, 아직도 다리가 아파 오래 서 있으면 왼쪽부터 저려옵니다. 다리가 빨리 나으려면 어쩔 수 없이 자리에 앉거나 누워 있기만 해야 했으므로, 화살은 한발을 쏘아보았을 뿐입니다. 이 또한 간교한 신라 조정에 제가 아직까지도 당하고 있는 것입니다."

"밤이 되면 신라 조정에 대한 원한이 사무쳐 잠을 이루지 못하니, 낮이 되면 졸음이 밀려와서 잠을 자는 수밖에 없었습니다. 도무지 활 쏘는 것을 익힐 틈이 나지 않아, 화살은 한발도 쏘아보지 못했습니다. 이 또한 간교한 신라 조정에 제가 아직까지도 당하고 있는 것입니다."

졸개들의 말을 듣자, 한수생은 기운이 빠져 그만 바닥에 주저앉고 말았다. 망연하여 멍하니 바다 쪽을 보았더니, 신라를 공격하기 위한 배들이 한척, 두척, 바다로 나아가는 것이 보였다.

"드디어 죽을 때가 되었구나."

한수생이 힘없이 말했으니, 그 말이 입 밖으로 나가고
있는지 아닌지도 알 수 없었다.

6.

**그대는 무슨 일이든 들어준다는
나를 잊었는가**

큰 깃발을 높이 올린 커다란 배 한척의 가운데에 공주가 머무르고 있는 자리가 있고 휘장이 드리워져 있었다. 공주가 타고 있는 커다란 배 옆으로 작은 조각배 두척이 따르고 있었는데, 거기에는 졸개들이 타고 있었다. 배들은 좋은 바람을 받아 빠르게 동쪽으로 나아갔다.

공주가 타고 있는 배에는 상잠, 영군, 두 장군과 공주의 시녀들, 장군의 부하들과 다른 좋은 옷을 입은 부하들이 같이 타고 있었다. 한편 배 한쪽에는 장희도 쇠사슬에 묶여 있었다. 만약 오늘 한수생이 신라 배에서 강도질을 하는 데 성공하지 못하면, 장희는 그 자리에서 바로 처형당한 뒤 바다에 버려질 참이었다.

이때 한수생은 공주가 머무는 장막 안에 있었다.

"새콤한 과일이 좋으니, 네가 먼저 맛을 보고 새콤한 것만 골라서 나에게 먹이거라."

공주는 오색실로 수를 놓은 이불 위에 엎드려 있었는데, 과일을 직접 집어 먹으면 손에 끈적한 것이 묻게 되므로 한수생에게 먹여달라고 명령했다. 공주의 명령이니 맨손으로 과일에서 나오는 물이 흐르지 않도록 조심하여 공주의 입에 먹여주어야 한다는 것이 시녀들이 하는 말이었다.

"오래 엎드려 있었더니 허리가 아프구나. 너는 이제 내 허리를 힘을 다해 주무르거라."

"국모의 명을 받들겠나이다."

한수생은 공손히 대답했다. 그리고 공주가 시킨 대로 공주의 허리를 주물렀다. 공주는 허리가 차차 편안해지는지 작은 소리를 내다가 웃다가 하였다.

그런데 얼마 시간이 지나자, 공주는 돌아누우며 한수생을 쳐다보았다. 공주가 말했다.

"허리를 주무르는 너의 힘은 평소와 다르지 않으나, 오늘은 주무르는 박자에 흥이 없으니 전과 같지 않구나. 무슨 일이 있느냐? 오늘 싸움을 벌이게 되었으니 혹시 너도 죽을까봐 두려우냐?"

한수생은 공주의 몸에서 손을 떼고 가지런히 앉았다. 한수생이 대답했다.

"저는 본시 변변한 골품도 없는 미천한 신분으로 태어나 어려서는 집에서 글공부를 조금 했을 뿐이고, 나이가 들어서는 한산 아래 작은 밭에서 쟁기질과 낫질을 하며 농사를 짓던 별 볼 일 없는 사람이었습니다. 갑작스러운 변을 당하여 그나마 있던 집과 밭을 모두 버려두고 몸만 빼내어 도망쳤으니, 이제 또 무슨 일을 당한다고 한들 크게 아까울 것이 있겠습니까? 고작 이런 신세로 바다를 떠다니던 몸을 공주님께서 남편으로 거두어주시어, 며칠일 지언정 구경도 못해보던 신묘한 음식을 먹고 귀한 대접을 받아보았으니, 평생에 누릴 복을 이미 다 누렸다 할 수 있습니다. 그러므로 곧 세상을 뜨게 된다고 하더라도 답답할 것은 없다고 하겠습니다."

공주가 다시 물었다.

"그런데 무엇 때문에 마음이 편하지 않은 것이냐?"

한수생이 다시 대답했다.

"다만 저는 이제 곧 제대로 싸울 줄도 모르는 부하 셋을 거느리고 신라 군사들과 서로 목숨을 빼앗겠다고 겨루어야 합니다. 비록 백제를 다시 되찾는다 하는 그 뜻이 높고 크기는 하나, 수십년간 삶의 굽이굽이마다 제각기 걱정하고 애태우며 지금껏 살아온 사람들끼리 서로 목숨을 없애기 위해 소리 지르고 뛰는 일이란, 도무지 저와 같은 농사꾼에게는 사람의 일 같지가 않습니다. 그런 생각이 괴로운 것입니다."

한수생은 한숨을 쉬었다. 시녀 하나가 "어찌 감히 국모 앞에서 한숨을 쉬느냐" 하고 꾸짖었으나, 공주는 손을 들어 시녀를 말렸다.

그리고 공주가 한수생에게 무엇인가 말하려고 했다. 그때 갑자기 바깥이 소란해졌다.

"무슨 일이냐?"

"지금 도위께서 부하로 거느릴 병졸 중 한명이 도망치려고 합니다. 신라 병사와 싸우러 나가는 것에 겁을 집어 먹고 바다로 뛰어들었습니다."

공주가 물으니 시녀는 대답했다.

이에 한수생은 급히 장막 바깥으로 나가보았다.

과연 작은 조각배에 올라타 있던 졸개 하나가 물에 뛰어들어 파도 속을 헤엄쳐 가려 하고 있었다.

그것을 보고 상잠이 손짓을 했다. 그러자 상잠 옆에 있던 칼잡이 하나가 빠르게 조각배를 향해 달려 내려갔다. 그 움직임이 어찌나 빠르고 가벼운지, 마치 물 위에 발을 디딘 듯하였다.

칼잡이는 곧 활을 들어 멀리 헤엄치고 있는 졸개를 맞히었다. 화살을 맞자 졸개는 팔다리를 제대로 움직이지 못하고 아파서 바둥거릴 뿐이었다. 칼잡이는 배 위에 놓여 있던, 올가미가 엮인 밧줄을 던져 헤엄치고 있는 졸개에게 던졌다. 그러고 나서 밧줄을 당기니 졸개의 목에 올가미가 걸려 조여들었다. 칼잡이는 줄을 당겨 졸개를 끌어당겼다. 가까이 다가오자, 그대로 칼을 휘둘러 졸개의 목숨을 빼앗았다.

졸개의 핏물이 솟아올라 파도 사이에 흩어지니 그 색이

검푸르게 변했다가 점차 엷어졌다. 그 모습을 보고 있자니 한수생의 표정이 저절로 어두워졌다.

얼마간 시간이 지나자 멀리 신라 관청의 배들이 줄지어 가는 모습이 보였다. 관청의 배들은 한척 한척 제법 멀리 떨어진 채 움직이고 있었다.

영군은 무슨 기분 좋은 일이 있는지 얼굴에 화색이 도는 듯했다. 영군은 묻지도 않았는데 한수생에게 이렇게 말했다.

"저렇게 떨어져서 움직이는 것은 만약 한척이 해적에게 당한다고 해도 다른 배는 도망칠 수 있도록 하려는 것입니다. 옛날에 장보고가 살아 있었을 때에는 배들이 서로 어울려 뭉쳐 다녔고, 만약 해적의 습격을 받으면 배들끼리 힘을 합쳐 물리쳤다고 합니다. 그런데 지금은 겁을 먹고 저렇게 그저 도망칠 궁리나 하고 있는 것입니다. 도위께서도 목숨을 아끼지 않고 힘껏 싸우면, 백제를 다시 세우는 큰 뜻을 하늘이 모르지 않을 터이니, 저따위 썩어 빠진 신라 관군은 이기실 수 있을지도 모릅니다."

그 말을 듣고, 한수생은 뭐라고 답할지 몰라 "예, 예"라고 했다. 그러면서 옆에 있는 상잠의 눈치를 보았는데 상잠은 픽 하고 웃는 것 같았다.

영군이 한수생에게 다시 말했다.

"제가 먼저 군사를 이끌고 맨 앞쪽의 배를 공격할 것입니다. 제가 어떻게 싸우는지를 먼저 보십시오. 그리고 제가 돌아오거든, 도위께서는 부하들을 이끌고 두번째 배를 공격하십시오."

잠시 후, 영군은 말한 대로 조각배에 올라타서 활을 든 병사 셋과 함께 빠르게 앞으로 나아갔다.

멀리서 지켜보니, 영군은 거의 부딪히듯이 신라 관청의 배로 돌진해 들어갔다. 그와 동시에 네 사람이 한꺼번에 화살을 쏘아대니, 배 위의 신라 병사들이 주춤거렸으며 그중 몇몇은 갑옷이 가려주지 못하는 다리에 화살을 맞아 바닥에 주저앉았다. 아파서 내지르는 소리가 멀리 공주와 한수생 등이 타고 있는 배에까지 들려왔다.

신라 병사들이 정신을 차리기 전에 영군은 앞장서서 배 위로 올라갔다. 거리가 멀어 잘 보이지는 않았으나, 영군은 창을 움직여 빠르게 앞뒤로 찌르면서 배 이쪽저쪽을 뛰어다니는 것 같았다. 영군의 창에 찔린 사람들이 아파서 내지르는 비명이 다시 들렸는데, 이번에는 그 소리가 길게 울려 퍼지지 않았다.

공주가 웃으며 한수생에게 말했다.

"이번에 신라 군사의 비명이 길게 이어지지 않는 것은 영군 장군이 창으로 목을 찔렀기 때문이다. 소리를 지르다가도 목청이 잘려서 소리를 지르지 못하는 것이지. 신라 군사의 울부짖는 소리가 어떤지만 들어보아도 장군의 무예가 얼마나 뛰어난지 알 수 있지 않으냐?"

얼마 후, 영군의 조각배가 다시 공주가 타고 있는 배 쪽으로 돌아왔다.

보아하니 영군과 부하들의 몸에는 피가 튀긴 자국이 소나기를 맞아 옷이 젖듯 온통 퍼져 있었다. 영군이 손등으로 얼굴에 튄 피를 훔쳐 닦은 뒤 바다 쪽으로 손을 터니 얼굴에 시커멓게 피가 번져 흰자위만 하얗게 빛을 뿜는 것 같았다.

"과연 영군 장군의 무예는 백제 제일이다!"

"영군 장군이라면 김유신이 살아 돌아온다고 해도 한

칼거리지!"

배를 타고 있는 사람들이 한마디씩 하며 영군을 칭송하는 소리가 들려왔다. 영군의 부하들은 저마다 신라 배에서 가져온 금은 덩어리, 귀고리, 팔찌 같은 것들과 비단 옷감을 한가득 들고 있었다.

상잠이 공주에게 말했다.

"빨리 싸우고 왔어야 하기에 이번에도 쌀과 보리 같은 곡식은 옮겨 싣지 못한 듯합니다. 다만 금은과 보석은 넉넉하니 이것을 나중에 긴밀히 다시 곡식으로 바꾸어 온다면 우리가 쓰기에 부족함은 없을 것입니다."

이어서 상잠은 한수생에게 말했다.

"이제 도위께서 싸우러 가실 차례요. 마지막으로 남기실 말씀이 있다면, 그 말을 백제 조정의 역사에 기록해두도록 하겠소."

그러면서 부하에게 붉은색으로 정갈하게 장식된 두루마리 하나를 펼쳐보라고 했다. 그 두루마리에는 이전에 죽은 공주의 남편들이 마지막으로 남긴 말들이 줄줄이 기록되어 있었다.

"무슨 말씀을 하시겠소?"

한수생은 고민하였다. 이 생각 저 생각 하다보니 어쩐지 갑자기 눈물이 조금 나는 것 같기도 하여 참기 위해 애썼다. 뭐라고 말을 하기 위해 입을 벌렸는데, 목소리를 내려니 그 말은 아닌 듯하여 다시 입을 다물기를 몇차례 반복했다.

그러다 문득 생각나는 것이 있어 주위에 물었다.

"제 부하는 원래 세 사람이었는데, 지금 한 사람을 잃어 둘밖에 없습니다. 셋 중 하나가 없다는 것은 적지 않은 것이니, 다시 부하 한 사람을 더 주셔야 하지 않겠습니까?"

상잠은 그 말을 듣고 배에 타고 있는 사람들에게 말했다.

"지금 도위의 부하가 되어 같이 싸우고 싶은 사람이 누가 있느냐?"

그러나 한참을 기다려도 아무도 대답하는 사람이 없었다. 철썩거리는 파도 소리만 오히려 더 크게 들리는 것 같았다. 나서는 사람이 아무도 없는 것을 보고 영군이 말했다.

"제가 도위와 같이 싸우겠습니다."

그러자 상잠이 제지했다.

"영군 장군은 도위보다 높은 벼슬에 있으니 부하가 될 수 없소. 게다가 영군 장군은 방금 신라 군사 수십의 목숨을 가져오느라 온몸의 힘이 빠졌을 터이니 연달아 싸울 수가 없소."

그리고 상잠은 다시 한번 누가 한수생과 같이 싸울 것인지 물었다. 그러나 역시 아무도 대답하는 사람이 없었다. 상잠은 한수생에게 부하 둘만 거느리고 신라 배로 쳐들어가야 한다고 말하려고 했다.

그런데 문득 배 한편에 묶여 있던 장희가 남은 기운을 다해 소리쳤다.

"그대는 '행해만사', 무슨 일이든 말만 하면 들어준다는 나를 잊었는가?"

장희의 목소리는 갇혀서 모진 꼴을 당하느라 병들고 굶주린 듯했다. 그 목소리를 들으니 한수생은 다시 눈물이 나려는 것 같았다.

"비록 제대로 몸을 가눌 수 없을 정도로 힘이 빠졌지만, 지금 저와 싸우겠다는 사람은 저 사람뿐이니 부디 같이 싸우게 해주십시오."

한수생이 말하자 공주는 이를 허락했다.

상잠은 장희의 몰골을 보고 혀를 차더니, 어이가 없는지 웃었다. 한편 영군은 장희 몸에 묶인 줄을 풀어주었다. 그러면서 장희에게 물었다.

"무슨 무기를 들고 싸우겠소? 구해주겠소."

장희가 대답했다.

"지금 내가 싸움을 잘하려면 두가지가 필요하오. 첫번째는 바로 새 옷이오. 구덩이에 갇힌 채로 굴러다니고 얻어맞다가 쓰러지기만 수만번을 했으니 옷이 걸레 꼴이 되었소. 하늘도 감복하도록 백제의 의로운 기세를 드높여야한다는데 이 더러운 차림으로 뭘 하겠소? 좋은 옷 한벌만구해주시오."

그러자 상잠이 끼어들어 말했다.

"지금 배 위에는 남아 있는 여자 옷이 없다. 입고 있는옷이 더럽다면 두꺼운 갑옷으로 적당히 가리고 싸우면 되는 일 아닌가?"

이때 공주가 말했다.

"남편의 부하가 말하는 것이 틀리지 않느니라. 내 옷 중 남아 있는 것이 있으니, 그것을 빌려주도록 하라."

영군이 장희에게 다시 물었다.

"두번째로 필요한 것은 무엇이오?"

장희가 대답했다.

"도대체 몇끼를 굶었는지 배가 너무나 고프고, 바닷바람을 계속 맞으며 한자리에 묶여 있었더니 몸이 너무나 차고, 게다가 억만가지 두렵고 괴로운 생각만 마음속에 가득하니, 따뜻하고 달콤한 술 한잔만 주실 수 있겠소? 그게 바로 두번째로 필요한 것이오."

그 말을 듣더니 공주는 소리 내어 웃었다. 그러고는 바라던 대로 가장 좋은 술을 한잔 따라 장희에게 갖다주라고 명령했다.

술 한잔을 천천히 다 마신 장희는 한수생과 함께 두 부하가 기다리고 있는 작은 조각배에 올라탔다. 한수생의 팔다리가 덜덜 떨리고 있었다.

영군이 한수생을 향해 말했다.

"오늘 신라 군사를 보니 철갑을 두르고 장검과 쇠뇌를

갖고 있는 병졸들이 많았으므로 평소보다 막강해 보였습니다. 아무래도 지금 도위께서 이끄는 군사의 형세는 신라 군사에 비해서는 미약합니다. 이기기 위해서는 들키지 않도록 조용하지만 빠르게 다가가서는, 신라 군사가 아무것도 보지 못하고 아무것도 듣지 못하여 우리가 있는지도 모를 때에 벼락 치듯이 덮치는 수가 최고입니다."

한수생은 영군에게 무슨 말로 대답해야 할지 몰라 머뭇거리고 있었다. 그런데 옆에서 반쯤 술에 취한 장희가 갑자기 공주를 향해 말했다.

"고작 얼뜨기 남자 셋과 무기도 없이 병든 여자 하나를 배에 태워 신라의 관군을 무찌르라고 하는데, 이것은 쉬운 일이 아닙니다. 그렇다면 어려운 일에는 어려운 만큼 큰 상을 줘야 하지 않겠습니까? 만약 저희가 영군 장군이 가져온 것만큼의 재물을 빼앗아 온다면, 즉시 저를 풀어서 다른 병사와 같은 자리에 올려주십시오. 만약 저희가 영군 장군이 가져온 것의 두배만큼의 재물을 빼앗아 온다면 도위의 벼슬자리를 높여 상잠 장군과 영군 장군의 벼슬자리와 같게 해주십시오. 만약 저희가 영군 장군이 가져온 것의 세배만큼의 재물을 빼앗아 온다면 저에게도 벼슬을 내려주시어, 도위의 벼슬자리 바로 아래로 해주십시오."

공주는 무슨 농담을 하는가 싶어 웃었다. 그리고 대답을 듣기도 전에 장희와 한수생이 탄 조각배는 빠르게 멀어져 신라 군사를 향해 나아갔다. 공주가 탄 배와 조금 멀어지자 조각배에 탄 졸개들은 장희와 한수생을 보고 말했다.

"영군 장군께서 말씀하신 대로, 아무 소리도 내지 않고 조용히 다가가서 갑자기 공격하는 것이 가장 좋은 수법입니다. 그렇게 단숨에 신라 배에 올라가서 각자 세 사람씩만 처치하는 것으로 싸워보면 살아남을 수 있습니다."

"아닙니다. 적당한 자리에서 배 바깥으로 뛰어내려 헤엄쳐서 달아나거나, 신라 군사에게 다가가 항복한다고 하는 것이 가장 좋은 수입니다."

한수생이 말했다.

"도망치거나 항복하려고 하면, 분명히 상잠 장군의 부하들이 우리를 살려두지 않을 것이오. 또한 조용히 다가가 신라 관군을 처치한다고 하는데 우리가 무슨 재주가 있어서 한 사람마다 신라 관군 셋을 상대할 수 있겠소?"

한수생의 목소리는 거의 우는 것 같았다.

그런데 장희는 그저 취하여 풀린 눈으로 멍하니 점점 가까워지는 신라 배를 물끄러미 보고 있었다. 그러다 장희가 졸개들에게 말했다.

"너희들은 춤을 출 줄 아는 노래 중에 가사를 기억하는 것이 무엇이 있느냐?"

"예? 노래의 가사를 안다니 그게 무슨 말씀이십니까?"

영문을 몰라 졸개들은 되물었다. 장희가 다시 말했다.

"춤이 쉬운 노래 중에 「거리에 복숭아꽃 필 때」라는 것이 있는데 그것을 아느냐?"

장희가 몇번 다그치니 졸개 둘은 안다고 하였다. 그런데 한수생이 대답했다.

"낭자, 나는 그 노래를 모르오."

"그러면 「여름 햇볕 뜨거울 때 내 마음은 더 뜨겁소」라는 노래는 아시오? 아니면 「별빛 속에 그대의 얼굴빛도 빛나고」는 아시오?"

한참 이야기를 나눈 끝에 장희는 다 같이 「여름 햇볕 뜨거울 때 내 마음은 더 뜨겁소」라는 노래를 부르며 춤을 추어야 한다고 말했다. 다들 이것이 무슨 짓인지 몰라 엉뚱하다고 여겼다. 그러나 장희가 "노래를 크게 불러라"라며 계속해서 소리쳤기에 어쩔 수 없이 노래를 부르며 춤을 추기 시작했다.

한편 신라 병사들이 탄 배에도 곧 그 노랫소리가 들려왔다. 신라 병사들은 저마다 노랫소리가 나는 방향을 돌아다보았다. 신라 병사들의 배는 세금을 싣고 가는 관청의 배였기 때문에 상당히 컸다. 그러므로 배 위의 신라 병사들은 한쪽 편에서 다른 쪽 편까지 한참을 걸어가야 했다.

"저쪽을 보십시오."

신라 병사들이 그쪽 방향을 보니, '여(餘)'라는 깃발을 높이 달고 있는 조각배 한 척이 오고 있고, 거기에 노래를 부르며 춤을 추는 사람 넷이 있었다. 남자 셋이 춤을 추고 있는 가운데에 여자 하나가 춤을 추고 있었는데, 여자가 입은 옷은 대단히 화려했다. 게다가 춤추는 몸짓도 나쁘지 않았으므로, 신라 병사들은 혹시 용왕의 딸이 바닷속에서 올라온 것 아닌가 잠시 착각할 정도였다.

배를 이끌고 있는 신라 관군의 장수 또한 한참 그 춤과 노래에 빠져 장희가 타고 있는 조각배가 점차 다가오는 것을 바라만 보고 있었다. 신라 장수가 말했다.

"망망한 바다 한가운데에서 춤을 추고 노래를 부르는 사람들이 탄 작은 배가 떠오고 있으니, 도대체 이게 무슨 일인가?"

신라 관군 병사들은 모두 노랫소리가 나는 쪽을 쳐다보고 있었다. 병사 한 사람이 말했다.

"이곳에는 가끔 해적들이 들이닥치는 일이 있으니, 저들 또한 위험한 무리인지도 모릅니다. 가까이 오면 멈추라고 횃불을 휘둘러 신호하고, 그대로 따르지 않으면 공격해서 물러나도록 해야 하지 않겠습니까?"

그러나 다른 병사는 그에 반대했다.

"해적이라면 저렇게 조그마한 배를 타고 다가오거나, 싸울 생각은 조금도 하지 않고 저렇게 노래를 부르고 춤이나 추고 있겠습니까? 행색을 보니 우리가 먼저 공격할 필요는 없을 듯합니다."

"그렇다면 도대체 저것들이 누구란 말이냐? 정말로 춤추고 노래 부르는 귀신이거나 바닷속 용왕이 보낸 사람들이란 말이냐?"

신라군의 장수는 장희의 춤에 깊이 취해 눈을 떼지 못
하고 쳐다보았다. 부하 하나가 말했다.

"여자의 춤사위는 아름다우나 옆에서 노래를 부르는
남자들의 재주는 보통에도 미치지 못하니, 어찌 용왕의
사자일 리가 있겠습니까? 배를 타고 다니며 귀한 술을 팔
거나, 이상한 향신료와 달콤하고 값비싼 과자를 파는 자
들이 있습니다. 아마 그런 자들이 아니겠습니까?"

마침 노래가 끝나고 장희와 한수생 등이 탄 배가 신라
관군의 배에 도달했다.

공주에게서 빌린 매우 좋은 옷을 입고 있던 장희를 보
고 병사들은 그 기세에 눌렸다. 장희가 신라 군사의 배에
오르기 위해 손을 내밀자 병사들이 앞다투어 몰려와 끌어
당겨주려고 했다.

그리고 장희가 마침내 관군의 배에 발을 디디니, 누구
인지도 모르면서 병사들은 각자 예를 갖추어 한쪽 무릎을
꿇고 인사를 올렸다.

장희는 병사들의 인사를 태연히 받았다. 다만 그 뒤를

따라온 한수생과 부하들은 어쩔 줄을 몰라 그저 장희 뒤에 무릎을 꿇고 엎드려 있었다.

관군의 장수가 나서서 장희에게 물었다.

"어명을 받아 조세와 공물을 싣고 가는 관청의 배에 이같이 갑자기 나타난다는 것은 보통 일은 아닐 줄로 아오. 그대는 누구이시기에 이와 같이 급히 나타나셨소?"

한수생은 장희가 도대체 뭐라고 대답할지 궁금했다. 한수생 옆에 엎드리고 있던 졸개 중 하나는 장희가 손짓을 하면 다 같이 달려나가 칼을 휘두르며 싸우기라도 해야 하는 것인가 싶었다. 그런 생각을 하니 조마조마한 마음이 되었다.

장희가 대답했다.

"우리는 관청에서 싣고 가는 조세와 보물을 빼앗으러 온 해적입니다."

그 말을 듣고 놀라지 않는 사람이 없었다. 한수생은 혼자서 조용히 "죽었구나" 하고 중얼거렸다.

관군의 장수는 당황하여 허둥거리며 이런저런 말을 하다가, 어이가 없어 장희에게 고쳐 물었다.

"우리는 조정의 일을 하는 군사이니 그대가 정말로 해적이라면, 그대를 물리치는 것이 우리의 일이오. 이처럼 넓은 배에 병사들이 빼곡히 서 있고, 우리가 갖고 있는 병장기를 쌓으면 작은 동산만 한 무더기는 될 것인데, 그대의 무리는 고작 네 사람뿐이니 어찌 우리를 대적하겠소? 우리가 쏘는 화살에 그대들의 몸 곳곳이 뚫릴 것이고, 우리가 칼을 휘두르면 그대들의 몸은 열두조각으로 잘려나갈 것 아니오?"

장수의 말을 듣던 장희는 매우 즐거운 듯이 웃었다. 그리고 이렇게 대답했다.

"장군의 말이 옳습니다. 우리가 장군과 싸우면 패하여 죽을 것이 분명합니다. 그러나 만약 화살을 쏠 필요도 없고 칼을 휘두를 필요도 없다면, 우리가 죽을 까닭도 없지 않겠습니까?"

"그게 무슨 소리인가?"

"자세한 이야기는 술을 한잔하면서 조용히 나눠보면 어떻겠습니까?"

그리고 장희는 주위를 돌아보며 말하기를,

"여봐라, 자리가 준비될 때까지 계속해서 노래를 부르고 춤을 추자꾸나."

라며 다그쳤다. 그러니 한수생과 졸개들은 영문도 모르고 다시 노래를 불렀고, 장희는 거기에 맞추어 춤을 추었다.

장수는 도대체 무슨 이상한 짓인가 싶었다. 그러나 장희의 춤이 워낙 흥겨웠으므로 잠시 구경이라도 해볼까 하는 생각이 들었다. 그리하여 장수는 배 한쪽에 마련된 방으로 장희, 한수생 등을 안내하고, 자신과 친밀한 부하 몇몇만을 데리고 그 안으로 들어갔다.

장수는 자리를 잡고 앉은 뒤 술 한잔을 따라 장희에게 건넸다. 장희는 춤추기를 멈추고 단숨에 그 술을 마셨다. 그러고는 장수에게 낮은 목소리로 이렇게 말했다.

"지금 장군께서는 목숨을 걸고 낯선 물길을 헤매시면서 구주(九州) 각지에서 조세를 걷어 서라벌로 가져가는 중요한 일을 하고 계십니다. 서라벌의 궁궐이 화려하고, 진골 벼슬아치들의 저택이 웅대하다고 하지만, 사실 그 모든 것은 바로 장군과 같은 분들이 삼한 곳곳에서 이렇게 실어 온 조세로 사들인 것입니다. 그렇다면 궁궐 사람들과 진골의 귀한 사람들이라 하는 이들도 모두 장군이 아래에서 떠받치고 있는 다리 위에 서 있다고 할 것입니다. 만약 장군이 없다면, 어디서 무슨 재물이 나서 서라벌 사람들이 그와 같이 사치스럽게 살겠습니까?"

장수는 별다른 대답을 하지 않았다. 다만 "음" 하는 소리만 가볍게 내었을 뿐이었다. 장희가 이어서 말했다.

"이 많은 재물을 서라벌의 관청과 궁궐로 싣고 가는 것은 불쌍한 백성들을 돕기 위한 것도 아니고, 나라를 지키기 위한 것도 아닙니다. 그저 진골 벼슬아치들과 궁궐의 높은 사람들이 위세를 부리기 위한 것이라고 할 수 있습니다. 그런데 그따위 벼슬아치들이 장군이 배를 타고 물건을 싣고 나르는 험한 일을 한다고 하여, 한미하고 천한 사람 취급을 하고 있습니다. 자기들은 장군이 가져다주는 조세와 보물로 먹고살고 있으면서 고마운 줄은 모르고 오히려 장군을 잔심부름하는 어린아이 취급이나 하고 있지 않습니까? 이것이 어찌 옳은 일이라고 하겠습니까?"

"본시 벼슬이 높은 자들은 자신이 훌륭하다고만 생각

하지 아랫사람들의 고생은 모르는 법 아니겠는가. 어찌할 수가 있겠소?"

장수는 그렇게 대답했다. 그리고 잠시 생각에 잠기는 듯 보였다. 장희는 장수의 얼굴이 바뀌는 것을 놓치지 않았다. 장희가 이어 말했다.

"저는 이것이 천하의 이치가 뒤바뀌어 옳지 않게 돌아가는 일이라고 생각합니다. 쌀값, 옷감값은 자꾸만 오르는데 장군이 조정에서 받는 재물은 그대로이니, 장군이 조정에서 받는 것은 따지고 보면 도리어 점점 줄어드는 격입니다. 그러면서도 그 벼슬아치들은 매번 장군의 일이 조금이라도 잘못된 것 같으면 눈을 흘기고 마치 죄인을 대하듯 꾸짖기만 합니다."

"억울하지만 참아야 하는 것 아니겠소?"

"풍랑을 만나 배가 뒤집어지면 목숨을 잃는 것은 그들이 아니라 장군이시지 않습니까? 어찌 이렇게 부당한 일이 있단 말입니까? 하물며 구주의 백성들은 조세를 걷어 가는 것이 장군이라는 이유로 모두 장군을 미워하고 탐관오리라고 손가락질을 하기까지 합니다. 고생을 하는 것도 장군이고 욕을 듣는 것도 장군인데, 고귀한 일을 하는 척하며 위엄을 부리고 재물을 차지하는 것은 높은 벼슬아치들입니다. 어찌 이런 세상이 옳다고 하겠습니까?"

그 말을 듣고 장수는 한숨을 쉬었다.

"세상이 이미 그렇게 썩은 것을 어찌하겠소."

그러자 장희는 장수의 손을 부여잡았다. 그리고 이렇게 말했다.

"썩은 세상이니 결국 썩은 사람들의 도움이 필요한 법입니다. 여기 지금 장군을 돕고자, 이렇게 서해에서 가장 뛰어난 해적이 찾아왔습니다."

"그게 무슨 말이오?"

장수가 물었다. 장희는 빙그레 웃었다.

"저희는 해적입니다. 그러니 저희를 만나 해적에게 약탈을 당했다고 하십시오. 원래는 조세를 다 빼앗길 뻔했는데, 힘을 다해 해적과 싸워서 물리쳤으므로 절반을 지켰다고 하시면 해적을 물리친 용맹한 장군이라고 하여 모두들 칭송해줄 것입니다. 그리고 절반을 저희에게 그냥 넘겨주시면 되는 것입니다."

"우리가 싣고 가고 있는 조세의 절반을, 실제로는 싸우지도 않고 너희에게, 그냥 너희에게 넘기란 말인가?"

"그렇습니다. 그러면 저희 해적들은 그것을 받아서 들고 가다가, 여기 있는 이 마음 착한 사람을 만나 불쌍해 보인다는 생각이 들어서 이 사람에게 다시 그 삼분의 이를 줄 것입니다."

장희는 "마음 착한 사람"이라고 말하면서 한수생을 가리켰다. 장수는 무슨 말인지 몰라 고개를 갸우뚱거렸다. 장희가 한번 더 웃으면서 말했다.

"모르시겠습니까? 그러고 나면, 이 마음 착한 사람이 감격하여 장군을 존경하고 우러러보고, 자신이 갖고 있는 재물을 장군께 바칠 거라는 말입니다. 그렇게 되면 장군은 매번 조세를 걷어 싣고 갈 때마다 삼분의 일을 장군의 몫으로 가질 수 있게 됩니다."

장수는 골똘히 생각했다. 그리고 장희에게 물었다.

"그러니까, 조세를 싣고 갈 때마다 해적에게 공격당했다고 거짓으로 말하고는, 절반을 빼돌려 그것을 그대와 내가 나누어 먹자는 말이오?"

"어찌 그리 나쁘게 말씀을 하십니까? 우리는 해적이니 진실로 장군을 공격할 것입니다. 깃털로 만든 몽둥이와 머리카락으로 만든 창으로 공격할지는 모르겠습니다만, 우리가 해적인 것만은 사실 아닙니까? 그리고 장군은 진실로 해적을 용맹하게 물리칠 것입니다. 그러고 나서 장군이 재물을 받을 때에는 그 재물을 해적에게 받는 것이 아니라, 여기 장군을 우러러보는 착한 사람에게 받는 것일 뿐입니다. 이것이 어찌 조세를 빼돌려 나누어 먹는 간교한 도적질이라고 하겠습니까? 해적과 맞서 싸우는 용맹한 장군과 그에게 감격하여 스스로 재물을 바치는 착한 백성이 있을 뿐입니다."

장수는 잠시 말없이 한수생을 쳐다보며 무엇인가 생각하는 것 같았다. 한수생은 겁이 나서 고개를 숙였다.

장수가 다시 장희에게 말했다.

"정말 이런 짓을 해도 되겠소?"

"장군께서는 힘든 일을 하고 계십니다. 장군이 하시는 일에 걸맞은 재물을 받을 것이므로 이는 옳은 일입니다. 또한 장군께서 수많은 해적을 물리쳤다고 하면 명망이 높아져 진골 벼슬아치들은 장군의 일이 힘든 것을 알아줄 것입니다. 그러니 이 또한 옳은 일입니다. 게다가 우리가 창칼을 휘두르고 화살을 쏘며 싸우면 그것은 사람이 목숨을 잃게 되는 일인데, 그것이야말로 큰 살생의 죄가 아닙니까? 우리는 지금 그러한 죄를 짓지 말자고 서로 맹세하려는 것이니, 이와 같이 옳은 일이 또 어디에 있겠습니까?"

마침내, 장희는 장수의 허락을 받았다.

그리하여 장희는 화살 한대 쏘지 않고 앞뒤의 신라 군사로부터 많은 곡식과 과일, 금은과 철 덩어리를 얻어, 그것을 배에 가득 싣고 다시 백제 공주의 배로 돌아오게 되었다.

공주의 배에 있던 상잠은 크게 놀랐다.

싸움이라고는 할 줄 모르는 한수생과 졸개들이 신라 군사의 배로 나아갔으므로 반드시 죽었을 것이라고 상잠은 생각했다. 그런데 이와 같이 많은 재물을 들고 돌아오니 영문을 모를 지경이었다.

"이제 여기 계신 분은 도위 서리가 아니라, 진실로 도위이니 그대들은 그에 맞는 예를 갖추도록 하시오."

조각배가 다가갈 때, 여러잔 술을 마셔 잔뜩 취한 장희는 혀가 꼬부라진 소리로 크게 말했다. 그러자 공주의 배에 있던 사람들이 다들 무릎을 꿇으며 한수생 앞에 고개를 숙였다.

그 모습을 보고 공주는 소리를 내어 웃으며 이렇게 말했다.

"과연, 이번 남편은 백제 국모의 남편이라고 할 만한 호걸이로구나!"

7.

보물이 어디 있는지 알아내신다면

이후에도 장희와 한수생은 조세를 운반하는 신라 조정의 배 여러 척을 찾아내어 조세를 빼돌려 나누어갖자고 말했다.

장희의 생각이 묘책이라고 여기는 병사가 많았으므로 얼마 되지 않아 장희는 여러 무리와 약조를 하게 되었다. 이렇게 되니 창칼을 휘두르며 험하게 싸우지 않고도 편안히 신라 관청의 배에서 실어 온 재물이 점차 늘어났다.

그러면서도 신라 병사들은 서라벌에 도착하면 자신이 대단히 무서운 해적을 만나 죽기를 각오하고 싸우다가 겨우 살아났다면서 엄살을 떨었다. 이들은 또한,

"서해에는 용왕의 딸과 같이 고운 옷을 입어서 마치 작은 나라의 공주처럼 꾸미고 다니는 해적 두령 하나가 있는데, 그의 부하 중에는 낫질귀신이라고 하여 사람 키만 한 거대한 낫을 한 손에 하나씩 들고 휘두르는 괴물 같은 자까지 있으므로, 그 해적 떼를 만나면 백 사람의 군사가 힘을 모아 싸운다고 한들 목숨을 건지기 어렵다."

라는 소문을 냈다. 그러다보니 서라벌 사람들과 서해의 뱃사람들 사이에 장희는 '공주 해적'이라는 별명으로 점차 그 이름이 알려지게 되었다.

일이 그렇게 되어가는 동안 장희와 한수생은 천하 사방의 바다를 누비며 갖가지 일을 겪었으니, 어찌 필설로 다 할 수 있으리오. 다만 이제 손을 씻고 바닷가에 앉아 수평선을 보며 소일하는 늙은 해적들이 들려주는 끝없는 이야기 속에 그 사연이 드문드문 드러날 때가 있을 것이다.

한편 장희가 벌어들이는 재물이 점차 늘어날수록, 한수생은 상잠의 태도가 점점 바뀌어간다는 것을 알 수 있었다. 하루는 한수생이 이를 이상하게 여겨서 장희에게 말했다.

"상잠 장군이 요즘 나를 대하는 것이 예전과 같지 않으니, 이상한 일이 아니오?"

장희는 되물었다.

"이상하다 하면, 어떻게 이상하다는 거요?"

"뭐라고 분명히 말할 수는 없으나, 상잠 장군이 나를 대하는 것이 분명히 달라졌소. 우리가 요즘 백제에 공을 많이 세웠으니 그것이 기뻐서 우리를 높이 사는 것 아니겠소? 또한 공주께서 나를 사랑해주시는 것이 예전보다 더욱 깊어졌으니, 그것을 생각하여 나를 높여주는 듯도 하오."

그 말을 듣고 장희는 웃었다.

"상잠은 우리를 점점 더 미워하게 되어 있는 사람이니, 그럴 리는 없소."

"왜 상잠 장군이 우리를 미워한단 말이오?"

한수생의 물음에 장희가 대답했다.

"예전에 해적이 신라 관군과 싸울 때는 급하게 싸우고 빠르게 도망쳐야 했소. 그러므로 쌀과 옷감과 같이 크고 무거운 것을 훔칠 수가 없었으며 비싸고 부피가 작은 금덩이나 은덩이만을 훔칠 수 있을 뿐이었소. 그러나 사람이 금덩이와 은덩이를 먹고살 수는 없는 노릇 아니겠소? 백제의 서경이라는 이 해적 소굴에서도 공주와 졸개들이 먹고살자면 훔쳐온 금덩이와 은덩이를 누군가가 쌀과 옷감으로 바꾸어와야 했소."

"낭자, 나는 그런 일들이 상잠 장군이 우리를 싫어하는 것과 무슨 관계가 있는지 모르겠소."

"금과 은을 쌀로 바꿔오는 일을 바로 상잠이 하고 있었단 말이오. 상잠은 그 일을 하면서 많은 이익을 남기고 있었을 것이 분명하오. 그런데 우리가 편안하게 신라 조정의 병사들과 거래를 하면서 이제는 직접 쌀과 옷감을 가져올 때가 많으니 일거리가 줄어들어 상잠의 이익이 크게 줄었을 테니, 그게 싫어서 그대를 미워하는 거요."

과연 장희의 말대로 상잠이 한수생을 대하는 태도는 갈수록 이상해졌다. 그런데도 한수생은 장희의 말을 믿지 못했다.

"그러나 상잠 장군이 나를 꾸짖거나 미워하는 얼굴빛을 보인 적은 없는데. 설마 상잠 장군이 나를 그렇게 미워하겠소?"

이에 대해 장희는,

"그 늙은이는 속을 내비치지 않는 엉큼한 사람이니, 오히려 우리를 미워하는 것만큼 겉으로는 더 자주 웃고 더 살갑게 대하며 숨기려 할 것이오."

라고 대답했다. 아닌 게 아니라 장희와 한수생은 종종 상잠에게 불려가 귀한 음식을 얻어먹으며 놀기도 하고, 또는 배를 타고 섬을 돌며 뱃놀이를 하기도 했다.

그러던 어느 날, 공주의 여러 부하가 모인 앞에서 상잠이 이렇게 말했다.

"지금 도위께서 백제를 위해 큰일을 하시어 예전보다 갑절이나 되는 재물을 벌어오고 있음은 기쁜 일입니다."

상잠의 말을 듣던 장희가 한수생에게 눈짓했다. 한수생은 미리 연습해둔 대로 말했다.

"제가 한 일이 무엇이겠습니까. 이 모든 것이 다 공주께서 복이 많으시기 때문이요, 또한 공주께서 저에게 베푼 은혜가 깊기 때문입니다."

상잠은 한수생의 말을 듣고 미소를 지었다. 그러고는 자신의 말을 더 이어나갔다.

"그런데 한가지 걱정거리가 있으니, 지금 도위께서 하시는 일은 창칼과 화살을 들고 신라와 싸워서 재물을 빼앗는 것이 아니라, 신라의 탐관오리와 손을 잡고 조세를 빼돌리는 일입니다. 백제가 신라에게 당한 옛 원수를 갚고 언제인가는 꼭 신라를 정벌할 준비를 하고 있는데, 어찌 신라와 싸우는 것을 피하고 신라의 관리와 한패가 될 수 있단 말입니까? 이제 도위께서는 지금과 같은 일을 멈추시고, 직접 칼을 들고 신라군과 싸워야 하지 않겠습니까?"

상잠의 말을 듣자 한수생은 당황하여 제대로 대답을 하지 못했다.

"제가 익힌 무예라고는 화살을 쏘는 서대사법뿐인데, 칼을 들고 싸우라고 하시면 한번 휘두르기도 전에 제 목이 날아가지 않겠습니까?"

한수생은 더듬거리며 말을 더 하려 했다. 그러나 장희가 그 말을 가로막고 끼어들었다.

"어찌 싸우지 않고 이기는 것을 잘못되었다고 하겠습니까. 먼 옛날 국조께서 백제를 건국하실 때에는 따르는 신하가 오직 열명뿐이었는데, 곧 마한왕(馬韓王)을 무릎

꿇게 하고 삼한(三韓)의 모든 나라들이 우러러 섬기는 임금 중의 임금이 되셨습니다."

장희는 잠시 듣고 있는 사람들을 한번 돌아보았다. 그리고 이어서 말했다.

"그것이 국조께서 마한왕과 서로 칼싸움을 하며 겨루어 이겼기 때문입니까? 그때 백제의 병사가 마한왕보다 강했기 때문입니까? 백제의 열 신하가 삼한 78국을 하나하나 돌아다니며 전쟁을 벌여 이겼기 때문입니까? 결코 그렇지 않습니다. 국조께서 마한왕을 무릎 꿇게 하셨던 것은, 바로 국조의 덕이 높았기 때문입니다. 지금 신라 장수들의 불만을 듣고 어루만져주면서 조세를 가져오는 것은 바로 우리 백제의 덕을 보이는 일이라 할 수 있습니다. 우리가 칼을 들고 싸우려 드는 일만 옳다고 하신다면, 백제를 건국한 국조께서 행하셨던 방법이 잘못되었다는 뜻입니까?"

장희가 말을 마치자, 상잠은 재빨리 공주의 얼굴빛을 살폈다. 그러더니 즉시 공주의 앞으로 나아가 머리를 숙이고 바짝 엎드렸다. 상잠이 말했다.

"공주께 죄를 빕니다. 제가 생각이 짧아 감히 백제의 국조를 욕되게 하는 말을 하였습니다. 그러나 이는 제 본뜻이 아니며 말이 헛나왔을 뿐이니 부디 용서해주십시오."

한편 장희는 하던 말을 계속했다.

"또한 우리 백제는 앞으로 다시 나라를 세우고 구주를 모두 되찾아 신라를 몰아내겠다는 뜻을 갖고 있지 않습니까? 그러니 그때 걷을 조세를 지금부터 조금씩 받아오는 것은 당연한 일입니다. 나라에서 조세를 거두는 것이 틀리고, 조세를 걷을 때 사람을 죽이지 않고 살려두는 일이 틀리다면, 도대체 무엇이 맞는 일이겠습니까?"

장희의 말이 끝나자 상잠은 더욱 잘못했다고 빌었다.

"공주께 다시 제 죄를 빕니다. 제가 어찌 나라를 키우고 신라를 벌하는 일에 조금이라도 반대되는 말을 하고자 하겠습니까? 만약 제 뜻이 잘못 전해졌다면, 그것은 혀를 놀리고 목소리를 내는 재주가 모자란 탓입니다."

그런데 상잠은 거기에서 멈추지 않고 말을 이어나갔다. 상잠은 흘깃 장희를 쳐다보았다.

"다만 제가 안타까워하는 것은, 이제 우리 군사가 무예를 사용할 기회가 점점 줄어들고 있다는 것입니다. 이렇게 편안히 가져오는 재물만 가져다 쓴다면, 언제 군사를 길러 신라를 무너뜨리고 구주를 차지하겠습니까? 오직 그것이 걱정스러워 드린 말씀이었습니다."

그러자 공주는 상잠에게 일어나라고 손짓했다. 그리고 한수생에게 물었다.

"도위는 내게 답하라. 우리가 군사를 기르는 것이 지금 어렵게 되었느냐?"

한수생은 상잠 옆에 나아가더니 그 옆에 머리를 숙이고 엎드렸다.

"공주께 죄를 빕니다. 제가 재주가 모자라 감히 군사를 기르는 일을 제대로 다스리지 못했습니다. 제가 배운 무예라고는 서대사법뿐이므로 부하들을 모아 활쏘기 연습을 자주 시키기만 하였습니다. 그러나 어떤 사람들을 얼마나 모아야 하며 무엇을 더 가르쳐야 하는지는 알지 못했습니다."

공주는 웃으며 한수생에게도 일어나라고 손짓했다. 이번에 공주는 영군에게 물었다.

"영군은 우리가 군사를 얼마나 모아 어떻게 싸워야 하는지를 다시 한번 말해줄 수 있는가?"

"부여씨의 후예이신 공주께서 옥좌에 오르시기 전 시골에서 사실 때, 부여씨의 후예들이 모여 사는 마을에 갔다가 저희들이 들었던 말씀이 있습니다. 바로 옛날 백제가 신라의 간교한 자들에게 망했을 때 마지막까지 백제를 다시 일으키려고 했던 풍 태자(豊 太子, 백제 부흥운동에 관여하였던 부여 풍을 말한다)께서 남기신 보물 이야기입니다."

영군이 대답했다. 그 목소리가 우렁차 장희가 깜짝 놀랄 정도였다.

'풍 태자'라는 말이 나오자 공주 이외에 모든 사람들은 다들 고개를 숙이고 머리를 바닥에 찧으며 우는 시늉을 했다. 장희와 한수생은 그런 예절이 있는 것을 알지 못해 어리둥절해했으나, 급히 그 모습을 같이 따라 했다.

영군이 이어서 말했다.

"장차 백제의 옥좌에 앉으셔야 마땅했던 풍 태자께서는 백제가 망하자 왜국 섬에 피신해 몸을 숨기고 계셨습니다. 그러다가 복신, 도침 두 영웅을 만나 다시 백제를 되찾고자 군사를 일으키셨으나, 한탄스럽게도 하늘의 운수가 맞지 않아 결국 다시 신라 군사로부터 도망치는 신세가 되었습니다."

사람들은 다시 머리를 찧었다. 어떤 병사들은 정말로 안타까워하며 울부짖듯이 "아이고"라고 하는 자도 있었다.

"이때 풍 태자께서는 백제의 가장 귀한 보물들만 특별히 모아서 서쪽 바다의 어느 곳에 숨겨두셨다고 합니다. 그러니 만약 이 보물만 되찾는다 하면, 우리는 수천수만 명의 사람을 모으고 그 사람들을 먹이고 입힐 재물을 얻을 수 있을 것입니다. 그렇게 된다면 썩어빠진 신라 조정을 무너뜨리고 백제를 다시 일으켜 구주를 모두 차지하는 것도 어렵지 않을 것입니다."

영군의 말을 듣던 한수생이 물었다.

"그러면 먼저 풍 태자께서 남기신 보물을 찾아야 한다는 뜻입니까?"

공주가 대답했다.

"풍 태자의 보물이 있을 만한 섬이 서해에 이백스물두 곳 있으니, 거기를 모두 훑고 다니는 것은 힘든 일이다. 우리는 해적들 사이를 헤치고 다니면서 서해의 섬들을 하나 둘 돌아볼 군사를 모아야 하니, 지금 병사들을 기르고 무예를 익히게 하는 것 또한 우선은 풍 태자의 보물을 찾기 위함이라는 뜻이다.”

한수생은 자신 없이 중얼거리기로,

“그렇다면 이제 병사들에게 활쏘기보다 곡괭이질을 먼저 가르쳐야 한다는 말씀이십니까?”

하는 도중에, 장희가 끼어들어 말했다.

“백제의 마지막 보물을 찾는 일이라면, 많은 군사를 모을 때까지 기다리지 않아도 됩니다. 도위에게 기회를 주시면 제가 도위를 도와 기한 내에 반드시 보물이 있는 곳을 찾아내겠습니다.”

그러자 상잠이 장희를 돌아보았다.

“공주께서 다시 대업을 일으키시어 서경에 도읍을 세우고 이때까지 힘을 기울여 찾아다닌 것이 풍 태자의 보물인데, 어찌 그것을 감히 그대가 며칠 몇달 사이에 찾는단 말인가?”

장희가 대답했다.

"청해진대사 장보고는 온 바다를 다스리며 바다의 모든 재물을 손에 넣었습니다. 만약 풍 태자가 그와 같이 막대한 보물을 정말로 남겼다면, 장보고가 그것을 모를 리 없었을 것입니다. 지금 장보고는 망하여 잊혔으나, 그의 재산을 갈기갈기 나누어 가진 무리 중에는 반드시 풍 태자의 보물에 대해서 아는 자가 있을 것입니다."

장희가 그렇게 말하자 그 말을 듣던 무리는 모두 심히 기뻐하였다. 특히 영군은 감격하여 이렇게 말했다.

"만약 도위께서 풍 태자의 보물이 어디 있는지 정말로 알아내신다면, 우리는 그 보물로 서쪽 해안의 배와 뱃사람들을 모조리 사들일 수 있을 것입니다. 만약 그날이 오면 저는 그 무리와 함께 그대로 서라벌로 들이쳐서 신라 임금의 군사와 싸울 것이니, 그렇게 통쾌하게 싸울 수 있다면 싸우다가 온몸이 산산조각 난다 하더라도 오직 웃고 또 웃기만 할 것입니다!"

그날 밤, 한수생과 장희는 다시 신라의 조세 운반선을 찾으러 가야 했다. 그런데 장희가 한수생의 거처에 가보니 한수생은 힘이 빠져 쓰러져 있었다. 한수생이 말했다.

"공주께서 오늘은 업혀 있고 싶다고 하시어 하루 종일 업어드렸더니, 이렇게 지쳐서 지금은 한걸음도 더 움직이기가 어렵소."

장희는 그 모습을 보고 고개를 저었다. 그러나 한수생은 기쁜 얼굴이었다.

"그런데 오늘 낭자가 공주 앞에서 말했던 대로, 우리가 풍 태자의 보물을 구할 수 있다면 참으로 대단한 일이 아니겠소?"

한수생의 얼굴은 다시 조금 어두워졌다.

"그러나 나는 애초에 신라 사람으로 태어났으니, 아무리 공주의 남편이 되었다 하더라도 신라를 배반하고 백제의 군사를 크게 일으켜 신라의 임금님과 싸우게 된다면 그것은 걱정이오."

장희는 그 말을 듣더니 다시 고개를 저었다. 그리고 한수생에게 낮은 목소리로 속삭였다.

"우리는 정말로 풍 태자의 보물을 찾으려고 하는 것이 아니오. 풍 태자의 보물은 예로부터 뱃사람들 사이에서 널리 떠돌던 소문으로 거짓말쟁이들과 허황된 소리를 하는 이야기꾼들이 좋아하던 이야기일 뿐이오. 세상에 풍 태자의 보물이라는 것이 진실로 있을 리가 있겠소?"

한수생은 이해할 수 없어 궁금한 얼굴로 물었다.

"낭자, 그렇다면 도대체 왜 상잠에게는 풍 태자의 보물을 찾을 수 있다고 말한 것이오?"

"풍 태자의 보물을 찾는다는 이유를 대며, 옛 장보고 대사의 부하들을 찾아 다니다보면, 분명히 제법 큰 배를 갖고 있으며 나와 얼굴을 아는 뱃사람을 찾을 수 있을 것이오. 그러면 그 틈을 타 그 사람들에게 붙어서 여기서 도망치려고 하는 거요. 이놈들은 걸핏하면 백제를 위해 목숨을 바친다, 백제의 원수를 갚기 위해 다 죽이겠다 하는 정신 나간 해적 떼들이란 말이오. 하루라도 빨리 여기서 도망쳐야 하지 않겠소?"

그날부터, 장희와 한수생은 신라 조정의 배나 다른 뱃사람들과 마주칠 때마다 풍 태자의 보물에 대한 소문을 물었다. 부하들에게도 누구를 만나든 항시 풍 태자의 보물에 대해서 물어보라고 하면서, 소식이 있거든 알리라고 하였다.

얼마간의 시간이 지나고, 마침 공주 앞에 상잠, 영군, 장희, 한수생 등이 모두 모여 있을 때에, 졸개 하나가 소식을 전한다며 달려왔다.

"무슨 소식이기에 공주께서 계신 엄한 곳에 이와 같이 급히 들이닥치느냐?"

상잠이 꾸짖었다. 그러자 졸개는 몇차례 고개를 숙이고 엎드리며 사죄했다.

"도위께서 중한 소식은 때와 곳을 가리지 않고 급히 아뢰라고 말씀하셨기에 이렇게 소식을 전하고자 합니다."

그 말을 듣고 공주가 물었다.

"무슨 소식이 그와 같이 중한가?"

그러자 졸개가 네번 절하고 공주께 직접 말했다.

"풍 태자께서 남기신 보물의 위치를 표시해놓은 지도가 있는데, 그 지도를 이름이 알려진 큰 해적인, 대포고래가 갖고 있다는 이야기입니다."

풍 태자라는 말이 나오자 다시 모든 사람들은 바닥에 머리를 찧으며 우는 시늉을 했다.

8.

장희는 오직 이렇게 이야기했다

대포고래가 보물 지도를 갖고 있다는 소식을 듣자, 곧 상잠은 대포고래로부터 보물 지도를 빼앗아와야 한다고 말했다.

"풍 태자께서 남기신 보물은 백제의 가장 귀한 것으로, 언젠가 뜻있는 사람들이 모여 백제를 다시 되찾고자 할 때를 위해 숨겨놓은 것이다. 지금 공주를 모시고 백제를 이어나가는 우리 외에 누가 주인이겠는가? 반드시 우리가 대포고래로부터 그 지도를 가져와야 한다."

이에, 영군, 상잠, 한수생, 장희 등등은 모여 어떻게 대포고래와 싸워 이길지 의논하게 되었다.

"대포고래는 단숨에 배 한척을 침몰시킬 수 있는 거대한 투석 대포 기계를 갖고 있으니 쉬운 상대가 아닙니다. 하물며 우리는 대포고래를 이겨야 할 뿐 아니라 대포고래가 갖고 있는 보물 지도를 가져와야 하니 무작정 대포고래의 배를 가라앉힌다고 되는 일도 아닙니다."

"그렇다면 대포고래의 부하들을 모두 없애버리고 대포고래는 사로잡아야겠군요. 우리는 배와 군사를 모조리 데리고 나아가서 싸워야 할 것입니다."

"대포고래와 부하들을 서로 떨어지게 만든 뒤에 대포고래의 배만 우리 배의 안쪽으로 끌어들여서 해치워야 합니다."

의논이 한참 진행되었을 때, 부하 하나가 말했다.

"이는 지금껏 우리가 벌인 싸움 중에 가장 큰 것입니다. 그런즉, 무예가 가장 뛰어난 영군 장군께서 앞장서 나가서서 대포고래와 가장 먼저 맞붙어 싸우며 점차 그들을 끌어들이는 것이 좋지 않겠습니까?"

영군이 대답했다.

"백제를 다시 일으킬 수 있는 기회를 두고 벌이는 싸움에 내가 앞장설 수 있다면, 싸우다가 화살 백대, 천대를 맞아 온 바다를 내 피로 벌겋게 만든다고 하더라도 덩실덩실 춤을 추면서 바다 밑으로 가라앉을 것이다! 싸움터의 맨 앞자리를 내 어찌 겁내리오!"

그런데 상잠은 영군을 말렸다.

"이렇게 중요한 일에 처음부터 가장 무예가 뛰어난 장군이 위험을 무릅써서야 되겠소? 만약 그러다가 해적들의 배가 공주께서 계신 곳까지 오게 된다면 누가 공주께서 계신 배를 방어하겠소?"

상잠은 한수생과 장희 쪽을 바라보았다.

"요즘 도위께서는 많은 공을 세우셨으니 이번에도 중요한 일을 맡아보시는 것이 어떻겠소? 더군다나 도위께서 공을 많이 세우기는 하셨으나, 위엄을 보일 만한 무예와 용맹을 보인 적은 없다는 말이 병사들 사이에서 돌고 있소. 그러니 이번 싸움에서 맨 앞에 나가 대포고래와 싸우고 그 배를 끌어들이는 일을 도위께서 하신다면, 모든 병사들이 도위를 우러러볼 것이오."

그 말을 듣자 한수생은 겁을 먹고 우물쭈물하였으며,

그 자리는 금세 끝나게 되었다.

의논이 끝나고 한수생은 손발을 씻겨달라는 공주의 명령을 듣고 곧 공주의 처소로 갔다. 공주를 기다리고 있으니 장희가 먼저 찾아왔다. 한수생은 장희를 보고 잠시 반가워했으나, 이내 걱정스러운 표정이 되었다.

"하필이면 풍 태자의 보물 지도를 대포고래가 갖고 있다니 이런 낭패가 있겠소. 대포고래는 우리와 사이가 좋지 않으니, 우리를 보자마자 죽이려 들 것이오. 대포고래는 덩치가 크고 기력이 대단히 세니, 아무리 내가 무예를 연마한다고 해도 감당하기는 어려울 것이오."

장희가 대답했다.

"이 또한 위험한 싸움터에 그대와 나를 보내어 죽게 하려는 상잠의 술책이오."

한수생은 한숨을 쉬었다.

"나는 백제 공주의 남편이 되었으니 어찌 도망칠 수가 있겠소. 낭자, 나는 이번 싸움에서 대포고래에게 죽지 않을 도리가 없소. 만약 내가 세상을 뜨거든 낭자가 나중에라도 고향 사람들에게 내 소식을 전해주시오."

그 말을 듣고 장희가 대답했다.

"고향에 있는 그대의 벗들은 모두 곡식을 빼앗기 위해 그대를 해치려는 작자들뿐이었던 것을 벌써 잊었소?"

이튿날, 사람들이 공주 앞에 모여 대포고래와 어떻게 싸울지를 다시 의논하였다.

상잠이 먼저 나서서 말하기를, 한수생과 장희가 대포고래와 맞서 싸우면서 그를 끌어들이면, 모든 배와 졸개들이 한꺼번에 달라붙어 일제히 공격하겠다고 했다.

그때 장희가 나서서 말했다.

"이번 싸움 한판에 모든 병사들을 다 쓸어넣는 것은 너무나 위험한 일입니다. 만약 이번 일이 잘되지 않는다면, 그때는 무슨 군사로 백제를 다시 일으키겠습니까? 우리의 원수인 신라는 아직도 구주 방방곡곡마다 병졸들이 가득하지 않습니까!"

그러자 상잠이 엄한 목소리를 내었다.

"무엄하고 불길한 말을 당장 멈추라! 백제의 조종세업을 지켜온 종묘와 사직의 영령들이 우리를 돌보아주고 계신데, 어찌 우리가 풍 태자께서 남기신 보물을 찾아낼 기회를 잃겠느냐? 신라와 싸우다 세상을 떠난 수십만 백제 병사들의 한 맺힌 기운이 우리를 보호하는데, 어찌 우리가 패하여 위험해진다는 말을 하느냐?"

장희는 다른 사람이 듣지 못하도록 낮은 목소리로 중얼거렸다.

"빌어먹을 종묘사직의 영령들이 그렇게 영험하다면, 왜 백제가 망하기 전에 신라를 몰아내지 못했나? 백제 병사들의 한 맺힌 기운이 그렇게 세다면, 왜 살아 있을 때에는 신라군을 이기지 못했나? 영령과 기운으로 싸움을 싸울 것 같으면, 네놈이 젓가락을 들고 대포고래의 대포에 대적해보면 어떠한가?"

장희는 고개를 들어 상잠을 보며 말했다.

"제가 올리는 말씀은 싸움을 하면 안 된다거나, 위험을 피해 도망치겠다는 것이 아닙니다. 모든 병사들이 목숨을 걸기 전에, 제가 먼저 홀로 대포고래를 만나 서로 무예를 겨루며 담판을 지어보면 어떻겠습니까?"

그 말을 듣고 영군이 물었다.

"대포고래는 힘이 센 해적의 두령으로 이름을 떨친 자

인데 그대가 홀로 대적할 수 있겠소?"

"서쪽 바다의 해적들 사이에서 이제 저 또한 이름이 가볍지 않습니다. 비록 영군 장군이나 상잠 장군의 훌륭한 무예에는 미치지 못하나 저 역시 활과 칼을 쓰는 재주를 조금은 익혔습니다. 대포고래는 부하들 사이에 자신의 위세를 드높이고 싶을 것이니, 제가 홀로 나아가 서로 힘을 겨루자고 하면 피하지는 않을 것입니다."

상잠이 다시 장희에게 물었다.

"그러나 어찌 그대가 대포고래와 홀로 대적한단 말인가? 또 무슨 속임수를 마음속에 품고 있는 것인가?"

그러자 장희가 소리를 높여 외쳤다.

"속임수를 쓰지 않으면 제가 대포고래를 이기지 못한단 말씀이십니까? 백제 조종세업의 종묘사직에 깃들었던 영령들이 제 칼을 같이 잡아주실 것이고, 죽은 수십만 백제 병사들의 한 맺힌 기운이 칼날에 서려 있는데, 제가 왜 이기지 못할 거라는 말씀을 하시는 것입니까?"

마침내 장희가 먼저 홀로 나아가 대포고래와 대적을 하는 것으로 정해졌으니, 공주는 그대로 행하라고 명령을 내렸다.

대포고래의 소굴을 향해 찾아가기 전, 상잠은 먼저 자신과 항상 같이 다니는 칼잡이들에게 지시를 내리기로,

"너희는 도위의 부하를 돕는다고 하면서 같이 따라갔다가, 혹시 그자가 무슨 속임수를 부리는 것 같거든 바로 칼로 베어 처치해버리도록 하라. 돌아와서는 대포고래와 싸우는 혼란한 와중에 죽었다고 말하면 그만이다."

라고 했다.

이윽고 싸우는 날이 찾아왔다. 장희는 상잠의 부하인 칼잡이 둘과 함께 작은 배 한척에 올라 대포고래의 소굴을 향해 나아갔다. 배에는 흰 천을 꽂은 깃대를 사방에 달아 싸우고 싶지 않다는 뜻을 밝히도록 했다.

장희와 칼잡이들이 탄 배가 나아가자 대포고래의 부하들은 멀리서 장희를 보았다. 대포고래의 부하들은

"공주 해적이 나타났다!"

"공주 해적이다!"

라고 소리를 질렀다.

장희가 가까이 오자, 그중 하나가 칼을 들고 장희에게

다가가려고 했다. 그러자 다른 부하가 말했다.

"조심하게. 공주 해적은 홀로 조세를 싣고 가는 배 수십 척은 부수어버렸다는 마귀 같은 자일세. 신통한 법술을 익혀, 한 손을 앞으로 내지르면 배가 가라앉고, 다른 한 손을 앞으로 내지르면 배에 싣고 있던 쌀과 옷감에 불이 붙어 사라진다는 말까지 있으니, 모두가 두려워하는 해적 중의 해적이네."

그 말을 듣자 부하는 더욱 겁을 먹고 칼을 든 손을 달달 떨었다.

그러자 장희가 먼저 해적들끼리 하는 인사를 건넸다.

"장보고는 개밥과 같고 —"

대포고래의 부하는 떨리는 목소리로 같이 인사했다.

"그 자식들도 개같이 생겼다."

장희가 대포고래를 만나기 전까지 잠깐 실랑이가 있기노 했다. 특히 대포고래의 부하 중 비단잉어는 장희를 의심하여, 그가 대포고래를 혼자서 만나겠다는 것을 탐탁지 않게 여겼다. 그러나 장희 일행이 위협을 받자 장희를 따라온 칼잡이가 대포고래의 부하 몇몇을 쉽게 제압했다.

그의 솜씨는 상당히 뛰어나서 비단잉어도 깜짝 놀랄 정도였다.

마침내 대포고래는 장희를 만나주기로 했다.

"서해의 주인이라는 대포고래가 어찌 내 몸의 절반도 안 되는 저 조그마한 것을 무서워하겠느냐?"

대포고래는 그와 같이 웃으며 장희와 함께 단둘이서 장막 안으로 들어갔다.

얼마 후, 장희는 천 두루마리 하나를 들고 장막 바깥으로 걸어 나왔다. 칼잡이가 놀란 얼굴로 장희를 보자 장희는 오직 이렇게 이야기했다.

"여기 지도를 찾아왔으니, 어서 서경으로 돌아가세나."

9.

내가 목이 잘리기 전에

장희가 돌아오자 영군은 감격하여 소리쳤다.

"나는 무예를 많이 익혔기 때문에 사람의 겉모습을 보면 대개 그의 무예가 얼마나 뛰어난지 짐작할 수 있다고 여겼소. 그러나 나는 그대의 무예가 대포고래를 단숨에 이길 정도인지는 몰랐소. 과연, 세상은 넓고 사람이 많으며 내가 모르는 것도 끝이 없음을 다시 알겠소."

또한 공주는 한수생에게 이렇게 말했다.

"드디어 우리가 보물 지도를 얻게 되었으니, 이것은 좋은 부하를 기른 그대의 공이오."

그러자 한수생은 공주를 향해 네번 절했다.

"부부는 일심동체이니, 이 모든 것은 다 공주께서 덕이 높고 복이 많으시기 때문입니다. 제가 무슨 공을 세웠겠습니까. 제 부하가 저도 모르는 사이에 틈틈이 무예 연마를 게을리하지 않고 애쓴 듯합니다."

한편 상잠은 장희가 가져온 두루마리를 펼치고는 찬찬히 살폈다. 두루마리 이곳저곳으로 눈길을 옮길 때마다 상잠의 얼굴에는 놀란 기색이 점점 더 짙어졌다.

"이것은 실제로 이백년 묵은 천이다. 이 두루마리가 정말로 백제가 망하던 시절의 물건이 맞구나."

그리고 상잠은 두루마리에 쓰인 글자를 하나둘 짚어가며 읽었다.

"필치가 흔한 사람의 솜씨가 아니니, 과연 옛 백제 조정의 귀한 사람이 쓴 글씨라고 하기에 부족함이 없구나."

그 말을 듣고 영군이 기뻐하며 소리쳤다.

"이 지도가 정녕 풍 태자께서 남기신 보물의 위치를 알려주는 지도가 틀림없다는 뜻 아니겠습니까?"

사람들은 풍 태자라는 말이 나오자, 모두 엎드려 바닥에 이마를 대었다. 그러나 여느 때와 달리 기분이 들떠 기뻐하는 기색이 만연했다.

"공주께 지도를 바치옵니다."

상잠은 지도를 공주에게 공손히 건네주었다. 공주가 지도를 보니, 백제의 조정에서 쓰던 의례 문구가 이곳저곳에 쓰여 있었다.

그러나 정작 지도의 중앙에는 별다른 말이 없었다. 그저 작은 동그라미가 셋 그려져 있을 뿐이었다. 위쪽에 그려져 있는 동그라미에는 "팔(八)"이라고 적혀 있었고, 왼쪽에 그려져 있는 동그라미에는 "십오(十五)"라고 적혀 있었으며, 가운데에 그려져 있는 동그라미에는 아무 글씨도 없었고 다만 동그라미 중앙에 점이 하나 찍혀 있었다. 아래 적힌 글자 밑에는 자리가 넉넉히 비워져 있었다.

공주가 모인 사람들을 향해 물었다.

"지도에 '팔'이라는 글자와 '십오'라는 글자가 적혀 있는데, 그 뜻이 무엇인가?"

상잠이 잠시 골똘히 생각하는 듯하더니, 공주를 향해 말했다.

"글자가 적힌 곳 아래로 자리를 한참 비워두고 있으

니, 이는 쓸 것이 있으나 감히 쓰지 못했다는 뜻 아닌가 합니다."

한수생이 상잠에게 물었다.

"써야 하는데, 감히 쓰지 못할 것이 무엇이 있단 말씀이십니까?"

그러자 영군이 고개를 숙이고 엎드렸다. 그리고 영군이 입을 여는데, 감격하여 눈물을 흘리고 있었다.

"백제 옥좌의 주인이신 임금님은 우리가 가장 높이 떠받들어야 하는 분이며, 항상 그 은혜에 감사해야 하는 분이시지만, 감히 그 이름을 입에 올릴 수는 없습니다. 그러니 임금님의 이름을 써야 하는 자리라면, 써야 하는데 쓰지 못한 것이라 할 수 있겠습니다. 과연 풍 태자께서 직접 기록하신 깊고 큰 뜻이 담겨 있는 지도라 할 만합니다. 백제 조정을 위해 마지막까지 싸우신 풍 태자님께서 남기신 유물을 지금에 와서 이렇게 보게 되다니, 저는 울음을 참지 못하겠습니다."

그 말을 듣고 한수생이 상잠에게 다시 물었다.

"그렇다면 팔과 십오라는 말의 뜻은 무엇이라는 말씀

이십니까?"

상잠은 다시 공주 앞으로 나아가더니 고개를 숙였다.
상잠이 말했다.

"지도에 적혀 있는 팔이란 백제의 여덟번째 임금님의
이름인 고이(古尒)를 뜻하며, 십오란 백제의 열다섯번째
임금님의 이름인 침류(枕流)를 뜻하는 것인가 싶습니다."

그 말을 듣자마자, 장희가 외쳤다.

"그렇다면 지도의 두 동그라미는 고이도와 침류도, 두
섬을 말하는 것 아니겠는가! 가운데에 찍힌 이 점은 고이
도와 침류도 사이에 있는 섬일 것이다. 이는 바로 옛날 먼
바다로 뱃사람들이 나아갈 때에 가끔 들르던 갈매기섬을
말하는 것 아닌가?"

장희의 말을 듣고 모여 있던 사람들이 모두 웅성거렸다.

"풍 태자의 보물은 갈매기섬에 묻혀 있다."

"망한 백제의 가장 귀한 보물들이 전부 갈매기섬에 묻
혀 있다!"

한수생 또한 감탄했다.

"백제의 옛 사람들이 남긴 지도이니, 백제의 역사에서

따온 말로 설명을 써넣었던 것이군요. 이제 세월이 몇백 년이나 지났고 백제의 역사를 알 리가 없는 해적 떼는, 이 지도를 갖고 있었다고 한들 읽을 줄을 몰랐던 것 같습니다."

영군이 다시 울먹이며 공주에게 말했다.

"과연, 원래의 주인을 찾아 백제의 보물 지도가 돌아온 것 아니겠습니까? 공주 만세!"

그러자 모여 있던 사람들이 저마다 울부짖으며 "공주 만세"라고 소리쳤다.

며칠 후, 섬의 모든 사람들이 몰려나와 배를 타고 바다로 나섰다. 사람들 사이에는 "풍 태자가 남겨놓은 막대한 보물이 있을 것이므로 그 보물을 다 담아오려면 이 배들로 부족할지 모른다"라는 말이 돌기까지 했다.

장희와 한수생이 탄 배는 모든 배들 중 맨 앞에서 갈매기섬으로 향했다. 갈매기섬은 육지에서 한참 떨어진 먼바다 가운데에 있는 섬이었으므로, 망망한 물 위를 오랫동안 헤치고 나가야 했다.

며칠간 바다를 달린 끝에 배들은 갈매기섬에 도착했다. 배를 대고 보니, 해변에는 썩어가는 낡은 배와 부서진 배의 조각 같은 것들이 떠다녔다. 가끔 지나가던 다른 해적이 섬에 들러, 얕은 개울물 옆에서 밥을 해 먹은 듯한 모양이 있기도 했다. 해적 떼가 약탈을 하다가 끌고 온 사람을 해친 흔적도 보였다.

장희는 해변을 돌아보더니 홀로 탄식했다.

"이곳은 본래 청해진 장보고 대사의 배가 천축(天竺, 지금의 인도), 파사(波斯, 지금의 이란)와 같은 넓은 바다로 나가기 위해 들르는 곳이었건만, 대사께서 세상을 떠나고 나니 이제 더는 넓은 바다로 나아갈 사람이 없어져 고작 십몇년의 세월이 흐르는 사이에 이렇게까지 망해버렸구나. 옛날의 그 아름답던 배들은 그저 썩어 없어져가고 있으며, 한낱 해적 떼나 찾아와 죄를 짓는 더러운 곳으로 변했는가."

곧 영군, 상잠을 비롯한 다른 사람들이 가까이 오자, 장희는 황급히 눈물을 닦고 얼굴을 바꾸었다.

영군이 장희에게 말을 걸었다.

"상잠 장군께서 말씀하시기를, 이 섬의 깊은 땅속에 보물이 숨겨져 있을 것 같다고 하셨소. 땅속으로 들어갈 만한 곳이 어디에 있겠소?"

장희가 대답했다.

"이 섬의 가운데에는 큰 우물이 있습니다. 항상 물이 잘 나오던 곳이었으니, 어쩌면 거기에 깊은 땅속으로 들어갈 길이 있을지 모르겠습니다. 일단 오늘은 해변에서 자고 내일 날이 밝으면 우물에 가보는 것이 어떻겠습니까?"

"그 말이 그럴듯하오."

그리하여 사람들은 배를 대고 해변에서 밥을 지어 먹고 밤을 보냈다. 다들 기분이 좋아 술을 마시고 노는 무리도 있었고 노래를 부르며 춤을 추는 사람도 있었으니, 바닷가 한쪽이 밤새 떠들썩했다.

이튿날이 되자 사람들은 저마다 보물을 담아올 자루와 지게 같은 것을 들고 줄을 지어 섬 가운데의 우물을 향해 걸어갔다.

우물은 세월이 흐르는 사이에 보살피는 사람이 없어서 거의 무너져 있었다. 상잠은 부하들에게 무너진 우물의 돌더미들을 치우라고 말했다. 한동안 돌을 치우고 나니, 뻥 뚫린 구멍이 나타났다. 장희가 우물 속에 자갈 조각을 던져보았더니 한참 후에야 자갈이 떨어져 물에 빠지는 소리가 들렸다.

"아직 우물물이 마르지 않았소."

맨 먼저 가장 무예가 뛰어난 영군이 우물 아래로 밧줄을 드리운 뒤, 그 밧줄을 타고 내려갔다. 우물 바깥에서 줄에 횃불을 묶어 내려주자, 영군은 불을 밝혀 우물 안쪽을 살펴보았다. 영군이 뭐라고 외쳤으나 우물 바깥에서는 잘 들리지 않았다. 다만,

"넓습니다."

"내려오십시오."

하는 소리만은 알아들을 수 있었다. 그러므로 사람들은 우물 아래로 내려가기로 하고, 밧줄 몇개를 더 내려 튼튼히 하였다. 또한 공주까지도 우물 아래로 내려가기로 했다.

"공주께서 이렇게 위험한 곳에 직접 내려오실 까닭이 있겠습니까?"

"백제를 다시 일으킬 풍 태자의 보물을 처음 보는데 종묘를 이어갈 내가 없어서야 되겠느냐?"

공주가 말했다. 그리하여 우선 공주를 의자에 앉히고

비단끈으로 묶은 뒤, 한수생이 의자를 짊어지고 내려가기로 했다.

일행이 모두 내려와보니, 과연 영군이 말한 대로 우물 바닥은 매우 넓었다. 바닥에 발을 딛고 서서 한참을 걷고 달릴 만한 넓이였다. 즉 이곳은 우물이 아니라, 넓은 동굴의 천장에 구멍이 뚫려 있는 곳이었다. 그러므로 땅 위에서 보기에만 우물처럼 보였던 것이다.

우물 안은 캄캄하여 횃불을 이리저리 비출 때마다 그 주위만 일렁거리듯 보일 뿐이었다. 바닥에는 물이 차 있어서 찰랑거리는 물소리가 계속해서 들렸다. 그리고 우물 구멍으로 햇빛이 내려와 바닥에 가득한 물 가운데를 비추었다. 빛이 비추는 모양 때문에 물은 기둥 모양의 빛나는 덩어리가 되어 있는 듯하였다.

"저곳이 심상치 않아 보이니, 저 물속에 무엇인가 있지 않겠습니까?"

영군이 물 한가운데 빛을 받는 곳을 가리키며 말했다. 한수생과 부하들은 그 아래를 파보기로 했다.

"물이 제법 깊습니다."

동굴 가장자리 쪽으로는 물이 겨우 발목까지도 오지 않았지만 가운데로 걸어 들어가니 한수생의 허리까지 빠질 만큼 깊었다. 때문에 그 자리에서 흙을 파고 아래에 묻힌 것을 찾기가 쉽지 않았다. 한수생과 부하들은 한참을 고생해야 했다.

"무엇인가 손에 잡히는 것이 있습니다."

한수생이 손바닥 길이 정도 되는 길쭉한 쇠막대기 하나를 찾았다. 오랫동안 흙에 묻혀 있어 완전히 녹슬어 있었으며, 형체를 알아보기가 힘들었다.

상잠이 말했다.

"저것은 분명 열쇠다. 그렇다면 저 열쇠로 열 수 있는 자물쇠가 어디인가 있지 않겠는가?"

우물 아래로 내려온 사람들은 상잠의 말을 듣고 저마다 흩어져 횃불로 이곳저곳을 비추어 보았다. 그러다가 영군이 물이 천천히 흘러가는 동굴 한쪽을 가리켰다.

"저쪽에 무엇인가 커다란 것이 있습니다."

영군이 가리키는 곳을 보니, 그곳에는 뗏목과 비슷한 배가 하나 있었다. 그 크기는 크지 않았지만 서너 사람이 올라가기에는 충분해 보였다. 가운데에 갈대나 대나무를 엮어 만든 지붕 같은 것이 있었는데, 이미 다 썩어서 완전히 무너져 있었다.

"저 배 안에 틀림없이 무엇인가가 있을 것이다."

사람들은 모두 그쪽으로 다가갔다. 처음에는 천천히 걷는 듯했지만 점차 걸음걸이가 빨라졌다. 상잠이 가장 앞장서 뗏목으로 다가갔다. 사람들이 걸을 때마다 첨벙거리는 소리가 들렸다. 물소리가 동굴 안에 울려 시끄러워지자, 그 소리가 재촉하는 것 같은지 사람들의 발걸음은 더 빨라지고 첨벙거리는 소리는 더욱 커졌다.

"공주는 발목을 적시게 될 터이니, 부디 저에게 업히십시오."

다만 한수생만이 공주의 곁에서 떨어지지 않았다. 공주와 한수생은 맨 뒤에서 사람들을 따라갔다.

상잠이 뗏목에 먼저 도착해보니, 과연 그 안에는 커다란 상자가 하나 있었다. 상자 위에 횃불을 갖다 대자 커다랗게 쓰인 글씨가 보였다. '백제대보(百濟大寶)', 네자였다.

"과연 뛰어난 글씨이니, 분명 조정의 높은 사람이 썼음이 틀림없다."

기괴하게 웃는 상잠의 얼굴이 횃불에 일렁거려 보였다.
상잠이 말했다.

"어서 열쇠를 가져와보라."

이때 공주가 말했다.

"장군은 들으라. 백제 조정이 남긴 가장 큰 보물을 하늘
의 도우심으로 드디어 우리가 손에 넣게 되었느니라. 이 기
쁜 때에, 내가 직접 그 보물을 먼저 보아야 하지 않겠는가?"

공주는 기뻐하며 웃었다. 상잠이 따라 웃었다.

그런데 상잠의 웃는 모양이 이상하였다.

장희는 눈치를 채고 한수생에게 뒤쪽으로 빠지자는 손
짓을 하였다. 그런데 한수생은 공주가 상잠을 보는 표정
이 편안하지 않은 것을 알아채고, 오직 그쪽만을 걱정스
레 볼 뿐이었다. 장희는 답답하여 가슴을 쳤으나 한수생
은 공주만을 바라보았다.

상잠이 웃음을 멈추고 말하기 시작했다.

"공주는 이제 꿈에서 깨어나기 바라오. 그대가 무슨 백
제의 공주란 말이오. 내가 하는 일 없이 굶어 죽을 것 같

은 비렁뱅이들을 모아 해적질을 하고자 하였을 때, 그 비렁뱅이들을 끌어모을 그럴듯한 구실이 필요해 시골에서 적당히 데려온 사람이 그대일 뿐이오. 도대체 누가 옥좌의 주인이란 말이오? 옥좌의 주인은커녕 그대가 백제 부여씨의 후예인지, 도망친 궁녀가 홀아비와 혼인하여 낳은 자식인지, 누가 안단 말이오."

공주가 상잠을 꾸짖었다.

"장군은 무슨 소리인가? 하늘이 두렵다면 그와 같은 마귀의 말을 멈추도록 하라."

상잠이 대답했다.

"하늘은 그대가 두려워해야 하오. 시골 가난뱅이의 딸인 주제에 해적 떼의 두령이 되었으면 언제가 되었든 벌받을 날을 겁내며 조용히 살 것이지, 언제부터 그대가 궁중의 법도를 알았다고 말투부터 그같이 오만한 것이오?"

이번에는 영군이 놀라 상잠을 돌아보았다.

"장군, 지금 역적의 말을 하고 있지 않소!"

그러자 상잠은 큰 소리로 모두에게 똑똑히 말했다.

"그대들은 들으라! 신라의 세상에서 신라를 뒤엎고 다

시 백제를 일으켜 세운다고 하고 있으니, 여기 있는 너희들이야말로 모두 역적이다. 어찌 역적에게 또 역적이 있겠느냐. 다만 내가 지금까지 백제를 다시 되찾는다고 말한 것은, 오갈 데 없고 할 일이 없어 뜻 없이 굶어 죽을 날만 기다리던 우리가 한가지 일을 두고 서로 힘을 합칠 길을 찾기 위한 것이었느니라. 그렇게 해서 우리는 지금까지 서해의 섬 하나를 차지하고 먹을 걱정 입을 걱정 없이 살았으니, 모두 내가 피를 흘리고 땀을 흘려 일군 것이다."

영군이 말했다.

"장군은 그와 같은 말을 그만두시오."

그러나 상잠은 그에 답하지 않고 하던 말을 이어갔다.

"그런데 큰 보물을 얻게 되자, 여기 스스로를 공주라고 일컫는 자는 제 욕심만 알아 이제 구주를 차지하고 신라를 무너뜨리겠다는 허망한 소리를 하고 있다. 어느 세월에 구주에 가득한 신라의 병사들을 모두 무찌른단 말인가. 그것은 단지 저자의 공주 놀이를 위한 것이 아닌가?"

누군가가 참다못해 상잠에게 달려들었다. 하지만 상잠 옆을 지키고 있던 칼잡이가 그를 단숨에 찔러 쓰러뜨렸다.

상잠이 이어서 말했다.

"지금 나와 함께 공주를 물리치는 자에게는 여기에 있는 보물과 서경에 쌓아놓은 다른 재물을 모두 나누어주겠다. 그렇게 하면 우리는 다시 고향에 돌아가 비단옷을 입고 향기로운 술을 마시며 평생 먹을 것을 걱정하지 않고 살 수 있다. 내 말을 따라 목숨을 구하고 부유하게 살겠는가, 아니면 백제를 되찾자는 망령된 소리밖에 할 줄 모르는 저 공주 귀신을 따라 죽겠는가? 지금 누가 여기 병졸들을 위하는 사람이고 백성들을 위하는 사람인가? 재물을 나누어 갖고 편히 살자는 사람인가, 한 사람의 공주 놀이를 위해 다 죽자고 하는 사람인가?"

말을 끝낸 상잠은 자신이 차고 있던 칼을 빼 들었다.

그러자 동굴 안은 극히 소란스러워졌다. 어떤 자들은 공주를 등지고 상잠에게 붙었으며, 어떤 자들은 "역적이다" "신라 군사보다 더 악랄한 놈이다" 외치기도 했다. 그러는 사이에 싸움이 시작되었는데, 공주의 곁이라 모인 사람들 대부분이 무기를 갖고 있지 않았다. 그러므로 칼을 갖고 있던 상잠과 상잠 주위의 칼잡이들이 매우 유리

하였다.

　사람들은 두 패로 나뉘어 어지럽게 싸움을 계속했다. 죽고 죽이는 소리, 함성과 비명이 어두운 동굴을 계속해서 울렸다. 상잠과 칼잡이들은 많은 사람을 쓰러뜨렸는데, 영군만은 맨손으로 싸우는데도 무예가 뛰어나 쉽게 이길 수가 없었다. 그러자 상잠은 직접 공주를 공격하려 하였고, 영군은 다시 앞으로 나아가 맨주먹으로 상잠의 칼날을 쳐내며 공주를 지키려 하였다.

　그 혼란한 와중에 어떤 사람들은 상잠이 차지한 보물 상자를 빼앗으려 하였다. 그러자 상잠과 칼잡이들은 보물 상자를 들고 뗏목에서 내렸고, 그것을 본 또다른 졸개가 보물 상자에 달려들다가 칼잡이들이 휘두르는 칼에 당했다.

　뗏목은 물길에 따라 이리저리 떠다녔다. 혼란한 틈을 타 장희는 슬쩍 그 위로 몸을 옮겼다. 그리고 어쩔 줄 몰라 하고 있는 한수생의 머리카락을 잡아끌며 뗏목을 물이 흘러가는 방향으로 밀었다. 그러면서 뗏목 위의 썩은 지붕 부분을 뜯어서 물 위에 띄우고는 횃불로 불을 붙였다.

　"여기서 벗어나려면 지금뿐이오."

장희가 한수생에게 말하고는 다시 힘을 다해 뗏목을 밀며 그를 끌어당겼다.

　곧 맹렬히 불탄 연기가 동굴 안에 가득 찼다. 앞이 보이지 않게 되고, 콜록거리는 기침 소리가 들리기 시작했다. 칼을 휘두르는 소리와 비명 소리가 또 들렸다. 누가 누구를 찌르는지, 또 몇 명이 쓰러지는지 알 수 없었다.

　뗏목은 동굴과 이어진 통로를 따라 떠내려가더니 얼마 후 바다로 나왔다. 바다에 나와보니, 동굴 속에서 무슨 일이 있었는지 아무도 알지 못할 정도로 그저 햇빛이 밝고 한가롭게 파도 찰싹거리는 소리만 들렸다.

　겁에 질린 한수생은 한동안 넋이 나간 사람처럼 뗏목 위에 널브러져 있었다. 바다로 뗏목이 나오고 점차 썩은 뗏목이 다 무너져 산산이 흩어지자 하는 수 없이 장희는 한수생을 끌어내어 물 밖으로 나왔다.

　한수생은 놀라고 겁을 먹고 지치고 다쳐 있었으므로, 한참 제정신을 차리지 못하고 장희가 이끄는 대로 정신없이 걸었다. 장희는 한수생에게 더 빨리 걸으라고 다그쳤다.

　"이제 보물 상자를 찾았으니 상잠은 다시 돌아갈 생각

만 하고 있을 것이오. 그러는 사이에 우리는 배를 댄 곳의 반대쪽으로 들어가서 하루나 이틀 밤 정도만 숨어 있으면, 상잠의 무리를 피할 수 있을 것이오. 재빨리 도망쳐야 하오."

한수생은 한동안 따라가는가 싶더니 문득 걸음을 멈추었다. 그리고 조용히 장희를 부르며 이렇게 말하였다.

"낭자, 내가 그대에게 치른 물건은 고작 팔찌 몇개뿐이었는데 그대는 내 목숨을 몇번이나 구해주었으니, 이미 그 값을 충분히 다했소. 지금 그대가 홀로 가겠다면 그렇게 하시오. 나는 공주께서 계신 곳으로 다시 돌아가야겠소."

장희는 그 말을 듣고 놀랐다. 무슨 말을 해야 할지 몰라 가만히 한수생을 보며 서 있을 뿐이었다.

한수생이 장희에게 말했다.

"지금 내 신세가 이렇다고는 하나, 공주는 나를 진실로 남편으로 대해주었으며 그동안 나를 아껴주었소. 비록 바다 한쪽 구석진 소굴에서 맺은 인연이나, 부부로 지내면서 서로 정을 드러내고 가까이 지낸 것이 하루 이틀의 일만은 아니오. 내 어찌 그 의리를 잊고 홀로 도망칠 수 있겠소."

장희는 몇차례 탄식하며 한수생을 말리려 했으나 이미 굳힌 마음을 되돌릴 수가 없었다.

다시 우물이 있던 곳으로 돌아가보니, 우물 입구부터 어지러웠으며 꺼진 횃불 하나가 던져져 있었다. 장희는 낙엽을 모아 불씨를 살리더니, 불길과 연기를 가득 냈다. 그리고 다시 횃불에 불을 붙였다. 그리고 우물 아래로 드리워진 밧줄을 당겨 꺼냈다. 밧줄에는 피가 가득 묻어 있었다. 그리고 그 끄트머리에는 줄을 붙잡은 누군가의 잘린 손목이 그대로 딸려 올라왔다.

한수생과 장희는 손목을 떼어 버렸다. 그리고 잠시 숨을 고르며 마음을 가다듬었다. 이후 차례로 줄을 붙잡고 우물 아래로 내려갔다.

우물 아래 동굴에 도착하자, 물 흐르는 소리와 물방울 떨어지는 소리만 들릴 뿐, 살아 있는 사람의 흔적은 없는 것 같았다. 어두운 동굴 사방에 이리저리 시체가 널브러져 있었고 몇몇 시신은 물 위를 둥둥 떠다니다가, 걷고 있던 장희와 한수생에게 문득 부딪히기도 했다.

"살아 있는 사람이라고는 아무도 없지 않소."

장희가 말했다. 그러나 한수생은 그에 답하지 않고, 소리 높여 공주를 불렀다.

"공주 — 공주 —"

한참을 그렇게 부르며 동굴 이곳저곳을 다니고 있는데, 문득 가느다란 소리로 "이쪽을 보라"라고 말하는 공주의 목소리가 들렸다.

소리가 들리는 쪽으로 한수생은 다급히 다가가보았다. 그곳에는 동굴 한쪽 웅덩이에 꿇어앉아 있는 영군이 있었다.

"장군, 괜찮으십니까?"

한수생은 영군의 앞에 횃불을 비추어보았다. 영군은 온몸 곳곳 칼자국이 난 채 피로 가득 찬 웅덩이에 반쯤 빠져 있었다. 손가락은 잘려나가 둘만 남아 있었으며, 입에서는 계속해서 피가 흘렀다. 이미 기력을 완전히 잃었는지 눈도 제대로 뜨지 못하고 마지막 숨을 가늘게 쉬고 있을 뿐이었다. 힘이 없어 무슨 말을 하는지 스스로도 모르는 채 그가 헛소리처럼 중얼거렸다.

"덕이 높으신 공주께서 백제의 마지막 보물을 찾아 저

희에게 이렇게 보여주셨으나, 저희가 어리석어 역적에게 속았으니 죽어 마땅합니다. 하물며 재주가 부족하여 역적과 싸워 이기지 못하고 귀하신 옥체를 상하게 하였으니 그 죄는 더욱 크지 않겠습니까? 그러므로 제가 여기서 죽는 것은 안타깝지 않으나, 공주께서 다시 백제를 일으켜 세우시는 것을 보지 못하여 한스러울 뿐입니다. 부디 뜻을 잃지 마시고 다시 일어나시어 역적을 멸하고 천하 사방의 뜻있는 영웅호걸들을 모아 신라를 깨뜨리시고 구주를 차지하시어 이 세상을 손에 넣으십시오."

영군은 그렇게 말하고 쓰러졌다. 그 뒤로 영군이 막아서서 가리고 있던 공주가 보였다.

"괜찮으십니까? 백제의 도위이자, 공주께서 남편으로 삼고 계신 제가 공주를 구하고자 돌아왔습니다. 이제 아무 걱정 마십시오."

한수생은 그렇게 말하고 공주를 일으켜 업었다. 공주는 칼날이 스쳐 팔다리에 피를 흘리고 있기는 하였으나, 다행히 크게 다친 듯 보이지는 않았다.

장희는 한수생을 도와 공주를 데리고 뗏목이 흘러갔던

물길을 따라 다시 동굴에서 나가려 하였다. 그러나 이번에는 뗏목과 같이 붙들고 있을 것이 없었던데다가 공주까지 같이 가야 했기에 나가는 길이 한결 더 힘들었다.

간신히 동굴에서 빠져나왔다고 생각하여, 이제 급히 다시 도망치고자 했을 때였다.

"멈추시오!"

공주가 그 소리에 눈을 똑바로 뜨고 보니, 졸개 셋이 칼을 들고 앞길을 막고 있었다. 졸개 하나가 말했다.

"상잠 장군께서 이곳 물길 앞에서 기다리고 있으면 살아남은 공주의 무리가 혹시 나타날지 모른다 하시더니 과연 장군의 지혜는 대단하구나. 이곳을 지키다가 내가 공주를 만나게 될 줄이야. 이제 공주의 목을 상잠 장군에게 갖고 가면 큰 상을 받을 것이다."

졸개는 공주에게 칼을 겨누었다.

"세상의 운수가 이렇게 된 것이니, 공주는 나를 너무 원망하지 마시오. 지금은 운수가 상잠 장군에게 넘어갔으니, 상잠 장군을 따르지 않으면 죽는 수밖에 없소. 나는 내 목숨을 살리기 위해 어쩔 수 없이 이 칼을 휘두르는 것인데, 어찌 이것이 내 탓이라고 할 수 있겠소. 오히려 욕심을 내어 옥좌를 차지하려 한 공주 스스로의 죄라고 하겠소."

그 말을 듣고 장희가 무어라고 말을 하려고 했다. 그러자 다른 졸개가 장희의 목에 칼을 들이밀었다.

"상잠 장군께서 말씀하시기를, 너는 간교한 말을 잘하여 듣다보면 속는 수가 많으니 네가 하는 말은 한마디도 듣지 말고 바로 목을 베라고 하셨다."

그리고 졸개 셋은 나란히 칼로 공주를 찌르려 했다.

그때 공주가 눈을 부릅뜨고 호령하였다.

"너희들은 지금 어느 앞에 서서 무슨 짓을 하고 있는지 아느냐? 하늘의 뜻을 이어받아 군사를 일으켜 서해 한가운데에 서경을 세우고, 다시 백제를 일으켜 온 바다에 이름을 떨친 사람이 누구더냐. 너희가 태어나서 처음으로 목숨을 바치겠다고 맹세할 때 누구 앞에서 무릎을 꿇었느냐. 매일 은혜가 깊고 덕이 높다고 칭송하며 허리를 숙이고 엎드려 떠받들던 사람은 또한 누구더냐. 이런 짓을 하면 하늘이 천벌을 내릴 터인데 그것이 두렵지는 않으냐?"

그 말을 듣자 졸개들은 덜컥 겁이 나서 칼을 거두고 주저앉았다. 그들은 한참을 망설이며 이러지도 저러지도 못했다. 결국 세 사람은 공주와 장희와 한수생을 데려가서 상잠에게 처결을 맡기기로 하였다.

졸개들에게 이끌려 다시 해변으로 나아가보니, 배 위에서 공주가 앉던 자리를 상잠이 차지하고 있었다. 또한 상잠의 무리는 다시 바다로 떠나기 위해 분주히 준비하고 있는 것 같아 보였다.

상잠의 주위에는 그를 가까이 따르던 칼잡이들이 언뜻 보였는데, 영군과 싸울 때에 많이 다쳤는지 그들 또한 몸이 많이 상해 있었으며 제대로 걷지 못하고 절뚝거리는 자들도 많았다.

장희와 한수생과 공주가 붙잡힌 채 배 위로 올라오자, 상잠은 매우 기뻐하였다.

"드디어 귀찮은 자들을 깨끗이 떨어버리니 가뿐한 마음으로 길을 떠날 수 있겠구나. 당장 이 셋의 목을 베어라."

그런데, 멀리서 갑자기 천둥소리 같은 것이 들렸다. 구름이 없는 맑은 날씨였으므로 배 위의 사람들은 이상히 여겨 웅성거렸다. 부하들이 명령을 바로 따르지 않자 상잠은 다그치려 하였다. 그런데 팔이 부러진 칼잡이 하나가 끙끙거리며 상잠 옆으로 오더니, 이렇게 말했다.

"병사들이 공주 대하기를 아직도 두려워하니 장군께서 직접 칼을 뽑아 공주의 목을 베는 것이 어떻겠습니까? 그렇게 하여 위엄을 보이시고 하늘의 뜻이 장군께 넘어왔음을 알린다면 앞으로 모든 병사들이 장군께 충성할 것입니다."

상잠은 그 말이 옳다고 여겨 칼을 빼 들고 공주 앞으로 나아갔다. 그런데 이때 다시 또 천둥 같은 소리가 들렸다.

칼날 앞에서 공주가 상잠에게 말했다.

"그동안 백제를 다시 일으킨다는 네 말만 믿으며 온 바다에서 풍 태자의 보물만 찾아다녔는데⋯⋯"

아직까지도 풍 태자라는 말이 나오자 무심코 바닥에 엎드리려는 사람들이 있었다. 공주가 이어서 말했다.

"지금 그 보물 상자를 찾고도 보물을 보지 못했으니 너무나 안타까운 일이다. 내가 한이 깊어 귀신이 되어 너의 꿈에 매일 나타난다면 너에게도 기분 나쁜 일일 것이니,

내가 목이 잘리기 전에 그 보물을 한번만 구경하게 해주면 어떠한가?"

그러자 상잠은 미소를 짓고는 보물 상자를 가져왔다.

보물 상자는 녹슨 자물쇠로 잠겨 있었는데 상잠에게는 열쇠가 없었다. 그러므로 상잠은 몽둥이를 가져와 자물쇠를 부수게 했다. 몇차례 자물쇠를 두들기니 녹슨 자물쇠는 곧 부서졌다. 마침내 커다란 상자가 열렸다.

그런데 보물 상자 안에는 금붙이와 은붙이가 들어 있지 않았다. 금은은커녕 비단 조각 하나 들어 있지 않았다.

대신 그 안에는 커다란 나무토막들만 들어 있었다. 상잠이 그 나무토막 중 하나를 꺼내어 보았더니, 거기 새겨진 글씨는 이러했다.

"백제국인(百濟國印)"

그것을 본 한수생이 의아해했다.

"저것은 나무로 만든 도장이 아닌가."

곧 장희의 웃음소리가 들렸다.

"과연 백제 제일의 보물이다. 신라에게 망한 뒤 도망치던 풍 태자가 자신이 아직도 백제의 임금이라고 하면서

186

나무로 막도장을 만들어서 백제의 옥새라고 새긴 것을 보물이라고 여기에 숨겨두었구나. 나라의 옥새만큼 귀한 보물이 또 어디에 있겠느냐.”

다른 나무토막을 살펴보았더니, 어떤 것은 대장군의 도장이라고 새겨져 있었고, 어떤 것은 상좌평의 도장이라고 새겨져 있었으며, 또 어떤 것에는 정승의 도장이라고 새겨져 있었다. 또한 그 옆에는 종이가 가득했는데, 거기에는 만약 백제가 신라를 물리친다면 누구에게 어느 땅을 다스리게 해줄 것인지를 빽빽이 써놓은 지도가 있었다.

“남은 백성이라고는 수십명뿐인 망한 나라에 우두머리를 세워두고 자기들끼리 임금이니, 대장군이니 부르면서 이렇게 도장과 지도를 잔뜩 만들어놓고 있었구나. 그것을 거창한 뜻이라고 자랑하면서 귀하다고 꼭꼭 숨겨놓지 않는가. 이따위를 찾겠다고 소리를 꽥꽥 지르며 칼부림을 하고 사람을 죽이고 다닌 놈은 이것을 보물이라고 숨겨놓은 놈보다 도대체 몇갑절이나 더 멍청한 놈인가!”

장희는 그렇게 말하고 우렁차게 웃었으니, 깔깔거리는 소리가 어쩐지 귀신이 우는 소리 같았다.

상잠은 보물 상자에 든 것을 보고도 도무지 믿지를 못하고 한참을 멍하니 바라보고만 있었다.

그러다가 문득 정신이 이상해진 듯한 얼굴이 되더니, 장희와 한수생과 공주를 모조리 죽이라고 소리를 지르며 날뛰었다. 그리고 스스로도 칼을 빼어 들더니 이리저리 휘둘렀다.

이때 다시 아까의 그 천둥 같은 소리가 들렸다. 이번에는 배가 휘청거리는 듯한 느낌이 들 정도였다. 졸개들 중에 몇몇은, "천벌인가" 하고 말하는 자도 있었다.

웃고 있던 장희는 잠시 웃음을 참으며 다시 상잠에게 말했다.

"이 세상에서 제일 멍청한 놈아, 내가 어떻게 보물 지도를 구해왔는지 아직도 모르겠느냐? 내가 어떻게 대포고래와 홀로 대결하여 이기고 지도를 빼앗아올 수 있겠느냐."

한수생이 홀로 말했다.

"만사를 모두 다 풀어주는 낭자가 오늘도 우리를 구하는구나."

장희가 다시 말했다.

"지도야 베껴 그리면 한장이 더 생기는 것이니 한장을 나에게 준다고 한들 아까울 것이 없지 않으냐, 내가 그렇게 대포고래를 설득하면서 말하기를, 내가 아는 얼간이 중에 입만 열면 자기가 백제의 충신이고 계백과 성충과 흥수의 원한을 갚겠다고 떠들어대는 한심한 작자가 하나 있으니, 그자에게 옛 백제의 지도를 보여주면 반드시 무슨 뜻인지 알아낼 거라고 했다. 그후로 연기를 피우거나 불빛이 보이는 흔적을 따라오기만 하면 보물을 찾을 수 있을 거라고 했단 말이다. 그러니 대포고래 그놈이 그렇게도 좋아하더란 말이다."

장희가 다시 웃었다. 상잠의 칼잡이가 마지막으로 이렇게 말했다.

"그렇다면, 아까부터 들리던 그 천둥소리는 대포고래가 투석 대포 기계로 우리 배를 공격한 것인가?"

그리고 곧 거대한 바위가 하늘에서 떨어졌다.

상잠이 타고 있던 배는 단숨에 박살이 났으며, 배 위의 모든 사람들은 물속에 빠져 이리저리 흩어졌다. 상잠의 일행은 섬으로 도망쳤다. 그러나 보물다운 보물을 얻지 못해 화가 난 비단잉어와 부하들이 섬에 도착하여 화풀이로 그들을 모조리 네토막으로 잘라버리고 말았다. 나중에는 칼잡이 부하들과 상잠의 몸 조각이 이리저리 뒤섞여 어디까지가 누구인지도 모르는 채로 모두 물고기들에게 뜯어 먹히고 말았다.

이리하여 공주 해적의 이야기는 모두 끝이 났다.

그뒤의 이야기를 알아보자면, 장희와 한수생과 공주는 널빤지 몇개를 붙들고 바다를 떠돌다가 간신히 육지에 닿아 목숨을 건졌다.

공주는 그후로 한수생과 함께 남쪽 끝의 어느 깊은 시골 마을에 들어가 늙도록 조용히 살았다고 한다. 장희는 소서궁이라고 하던, 공주의 요새가 있던 섬에 다시 찾아갔는데, 그 섬에 보관되어 있던 재물을 모두 갖고 나왔으므로 평생 부유하게 지냈다. 이때 갖고 나온 재물을 공주와 한수생에게도 나누어주었으므로, 두 사람 역시 풍족하게 지낼 수 있었다.

공주와 한수생은 얼마 후 딸 하나와 아들 하나를 낳았

다. 그리고 그 둘이 장성한 후 나이가 들었을 때 견훤(甄萱)이 후백제를 세웠다. 이때 두 사람이 견훤을 도와 여러 공을 세웠으므로, 이야기 좋아하는 사람들이 말하기를 "과연 공주가 백제를 다시 일으키는 일을 도왔다"라고 떠들었다.

한편, 장희는 무슨 일이든 다 풀어준다고 떠들고 다닐 때 부르던 노래의 곡조에 새로 가사를 붙여 부르고 다녔다. 그 가사가 지금까지 전해지고 있는데, 대포고래에게 공격당하여 배가 부서지고 널빤지 위에서 한수생과 공주와 장희가 함께 떠돌 때 겪었던 일을 이야기하는 내용이다.

그때, 날씨가 추워지자 장희와 공주는 서로 껴안고 추위를 견디려 했다. 그리고 한수생은 보물 상자 속에 들어 있던 나무 도장을 서로 비벼서 불을 붙여보려고 했다. 그 모습을 보고 장희가 말했다.

"나무를 비벼 불을 붙이는 것은 쉽지 않소. 그 일만 수십년을 하던 늙은이들이 한나절을 붙들고 있어도 해내지 못하는 일인데, 한번도 불을 피워보지 못한 그대가 어찌할 수 있겠소. 그만 애를 쓰고 포기하도록 하시오. 그리고 그저 가만히 기다리다가 추워서 몸이 굳게 되면 그것이 마지막인가보다 하고 쉬도록 하오."

그러자 한수생은 이렇게 대답했다. 나중에 사람들이 장희의 노래를 부를 때에도 이 대목을 가장 좋아했다.

"나는 고향에서 재산을 모두 빼앗기고 죽을 뻔하였으나, 낭자를 만나 목숨을 구했소. 그리고 바다에 나와서는 서해에서 가장 무섭다는 해적을 만났으나, 낭자 덕분에 공주를 만났고 벼슬을 살게 되었고 귀한 사람이 되었소. 그후에는 몇배나 되는 숫자의 신라의 군사와 맞서게 되었으나, 낭자의 도움으로 항상 이기고 돌아오는 장수가 되었으며 많은 사람의 칭송을 받기도 했소. 지금은 비록 역적을 만나 온몸에 칼자국이 생겼으며 먹을 것도 없고 마실 물도 없이 넓고 넓은 바다 위 나무 판때기 하나에 붙어 깊은 밤 속을 떠다니면서 추위에 얼어 죽을 걱정을 하고 있기는 하오. 하지만 한 나라의 옥새가 내 손에 들어와 있고 구주가 모두 내 것이라는 지도가 내 손에 있으니, 이번에도 어찌 살아날 길을 이 두 손으로 찾지 않을 수 있겠소?"

그리고 한수생은 나무 도장을 비비고 또 비비다가 두 손에 물집이 터져 진물로 범벅이 되고 손톱이 빠져나가도록 계속 그것을 비볐는데, 그러다 마침내 불이 붙었으니 그때부터 세 사람을 따뜻하게 비추어주었다고 하더라.

2020년 청권사에서

끝

일본에 남아 있는 기록을 보면, 장보고의 전성기가 끝
날 무렵 신라에서 온 해적들 때문에 일본인들이 고생을
했다는 이야기가 몇차례 나온다. 훗날 일본에서 온 해적
들을 흔히 왜구라고 불렀던 것처럼, 역으로 신라에서 온
이 해적들을 일본에서는 삼한 지역, 즉 한반도 지역에서
온 해적들이라고 해서 '한구'라고 부르기도 했다. 나는 이
기록을 조사하면서 신라 말을 배경으로 한 해적들에 얽힌
모험담이 있다면 재미있겠다는 생각을 했다.

그러나 몇년 동안은 그저 막연한 생각일 뿐이었다. 그
러다 2015년에 김보영 작가님이 『이웃집 슈퍼히어로』(황

금가지 2015)라는 시리즈 기획에 참여를 제안해주신 일이 있었다. 나는 일단 참여하겠다고 대답하고는 무슨 소설을 쓰면 좋을까 고민했다. 그런데 "언제인가 한번 이런 글을 써보면 좋겠다" 하던 것을 미루기만 할 것이 아니라, 불완전하더라도 빨리 실제로 써보는 것이 좋겠다는 생각이 들었다.

그래서 나는 마치 초능력을 가진 듯 솜씨가 뛰어난 의적을 신라 말 해적 시대에 등장시킨 「영웅도전」이라는 단편을 썼다. 그리고 그 이야기는 『이웃집 슈퍼 히어로』의 속편인 『근방에 히어로가 너무 많사오니』(황금가지 2018)라는 단편집에 실렸다. 완성하고 보니 그럭저럭 괜찮았다.

그러고 보니 좀더 길고 풍성한 신라 해적 이야기를 더 써도 좋을 것 같았고, 작년에 웹진 거울에 「신라 미남 해적전」이라는 중편 소설을 새로 써서 올렸다. 이것도 써놓고 보니 다행히 제법 재미있어 보였다. 그래서 〔문학3〕에서 중편 연재 제안을 받았을 때에도 이 비슷한 소설을 하나 쓴다면 내용이나 분량이나 잘 들어맞겠다 싶었다. 그동안 해적 이야기 소재로 틈틈이 메모해두었던 것들을 엮어서 이야기를 짜기 시작했고, 마감에 맞춰 총 세번에 나누어서 글을 썼다. 그렇게 해서 나온 소설이 바로 『신라 공주 해적전』이다.

그동안 모아둔 해적 이야기 중에서 이 소설에 활용한 소재를 몇가지 골라 밝혀보자면 다음과 같다.

1) 대포고래

『삼국사기』의 서기 661년 기록에는 고구려의 뇌음신(惱音信)이라는 인물이 북한산성을 공격할 때 '포차'라는 무기를 이용했다는 내용이 나온다. 포차를 이용해 공격한 돌에 성 위의 담과 집이 맞는 대로 무너졌다고 되어 있는데, 그렇다면 무거운 돌을 상당히 높은 곳까지 강하게 날려보낼 수 있는 무기로 볼 수 있을 것이다. 하필 이 무기를 사용한 사람의 이름이 '뇌음신'이라는 점도 재미있어 보였다. 성이 뇌씨고 이름이 음신이 아니라면, 이름의 뜻은 '번뇌스러운 소리의 믿음' 정도가 된다. 어디까지나 상상일 뿐이지만 워낙에 포차를 잘 쓰던 사람이기 때문에 돌이 쿵쿵 떨어지는 무서운 소리가 믿음직하다고 해서 붙은 별명이 이름으로 남게 된 것은 아닐까?

또한 고구려는 투석 장치를 잘 활용했던 수·당나라 군대와 오래 맞서 싸웠다. 그러니 고구려 사람들은 돌을 날려 적을 공격하는 기계에 제법 익숙했다고 상상해볼 수 있을 것이다. 포차라는 단어에 수레 차 자가 들어 있는 것을 보면, 이리저리 끌고 다니면서 사용하기 좋은 비교적 가볍고 작은 무기가 아니었을까 하는 생각도 해본다. 그렇다면 신라의 삼국통일 이후에는 많은 사람들이 돌을 던지는 기계 장치 무기에 익숙했을 것이고, 그것을 작고 간편하게 만들어서 배 위에서 쓰도록 한다는 생각도 누군가 떠올려볼 만했을 것이다.

『신라 공주 해적전』의 배경으로부터 시간이 좀 흐른 후인 고려 초기에는 비슷한 무기에 대한 기록이 실제로 나타나기도 한다. 『고려사』에는 1009년 '과선'이라는 배 75척을 만들어 동북쪽 바다를 방어했다는 기록이 나온다. 해적들을 막기 위해 배치한 군함인데, 과선(戈船)이라는 이름으로 보아 아마도 뾰족뾰족한 창을 꽂아 해적들이 기어오르기 어렵도록 꾸며놓은 배 아니었나 싶다. 일본의

『소우기』에는 과선으로 보이는 고려의 군함을 목격한 일본인의 기록이 나와 있는데, 이에 따르면 망루를 사방에 세워놓은 형태의 커다란 배에 노 젓는 곳은 한쪽에 7~8개 정도가 있고, 배의 면에는 쇠로 뿔 모양을 만들어놓아서 적의 배와 부딪치면 쉽게 부술 수 있었다고 한다. 이 기록에는 큰 돌을 들여다놓고 적의 배를 부수는 데 사용한다는 내용도 실려 있으므로, 어떤 식으로든 돌을 던져 공격하는 기술을 활용했다고 볼 수 있을 것이다.

좀더 시간이 흐르면 배 위의 투석 장치가 완연히 발전한 모습으로 나타나기도 한다. 『고려사절요』 1256년 기록에는 몽골군이 배 75척을 이끌고 서해의 압해도를 공격하려고 했다는 소식이 실려 있다. 이때 압해도 사람들은 '포(砲)' 두 대를 큰 배에 장착하고 기다리고 있었다고 하는데, 그것을 보고 몽골군 측에서는 "우리 배가 저 포에 맞으면 반드시 가루가 될 것이니 감당할 수가 없다"라고 하면서 피했다고 한다. 또한 이 기록의 말미에는 압해도 사람들이 이런 포를 곳곳에 배치해두었다고 되어 있다.

이런 내용을 보면 적당한 시점에서 한반도 근처의 해

적, 수군, 뱃사람들을 주인공으로 한 이야기에서 투석기, 돌을 날려 공격하는 장치가 등장해도 그럴 듯하게 어울릴 것 같았다. 지금까지는 사극에서 보여주기가 어려운 장치였기 때문인지 옛날 한국을 배경으로 한 이야기에 투석 장치가 나오는 것을 자주 보지 못했는데, 이런 이야깃거리는 좀더 많이 등장해도 재미있을 것이라 생각한다. 더 좋은 기계를 만들기 위해서 꾀를 내는 이야기라든가, 망가져가는 기계를 가지고 어떻게든 싸워보려는 이야기 등등 소재를 활용하는 방법은 무척 많을 것이다.

2) 서대사법

고구려와 백제 사이에 전쟁이 자주 일어나던 무렵인 서기 398년, 백제의 '서대'라는 곳에서 도성 사람들에게 활쏘기를 연습시킨 일은 『삼국사기』에 남아 있는 사실이다. 앞서 백제는 고구려와 싸워 이기기 위해 여러차례 도전했는데, 고구려의 임금부터가 광개토대왕인 까닭에 이 도전들이 대부분 실패로 돌아갔다. 『삼국사기』의 기록은 간단한 편이라서 상세한 상황을 정확히 알기 어렵지만, 분위기를 보면 백제 쪽에서 성실히 준비해 제법 좋은 작전으로 고구려를 공격한 것 같은데도 번번이 패배하기만 했던 것 같다.

396년에는 광개토대왕이 백제를 직접 공격했고, 도성을 비롯한 수십개의 성이 함락되어 백제는 크게 패해버린다. 지금도 남아 있는 광개토대왕릉비에는 이때 고구려 쪽에서 본 백제 패배의 순간이 기록되어 있다. 이에 따르면 백제의 임금은 고구려군의 포위에서 빠져나오기 위해 남녀 천명을 노비로 내주고 좋은 옷감 천필을 바치면서 항복의 예절을 올렸다고 하는데, 그러면서 "이제부터 영원히 노객(奴客)이 되겠습니다"라고 맹세했다고 한다. '노객'이라는 말은 아마도 노비나 다름없이 복종하겠다는 뜻으로 쓴 듯싶다. 백제 임금으로서는 굉장한 수모였을 것이다.

사람들에게 활쏘기 연습을 시킨 398년이면 아마 백제 조정이 그 수모를 갚기 위해 어떻게든 다시 군사를 모으려던 때일 것이다. 사람들을 모아 활쏘기 연습을 시켰다는 기록은 백제 역사에 자주 나타나지 않는데, 이런 기록이 남아 있는 것을 보면 상당히 특이한 일이었으리라고 추측해볼 만하다. 게다가 이런 노력이 패배의 피해가 남아 있는 백제에서는 상당한 무리였는지 백성들의 반발을 불러오기도 했던 것 같다.『삼국사기』에는 백성들이 고통스럽게 여겨서 신라로 도망치는 바람에 인구가 줄었다는 기록까지 나와 있다.

나는 이때 백제에서 개발한 활쏘기 방법을, 군사가 없는 상황에서 어떻게든 군사를 모으기 위해 활을 못 쏘는 사람들도 쉽게 익힐 수 있는 특출난 방법이었다는 식으로 상상해서 이야기의 소재로 활용했다.

이 시기 백제의 임금이었던 아신왕에 대해서는 의지와 기풍이 호방하였고 말타기와 매사냥을 좋아했다는 기록이『삼국사기』에 남아 있다. 그렇다면 그 사람은 비록 광개토대왕에게 "노객이 되겠"다고 빌었을 망정, 무예나 군사에 관심이 깊었던 사람이었을 것이다. 어쩌면 그랬기 때문에 광개토대왕에게 패배했을 때 더욱 수치스러워했고, 더욱 열렬히 복수를 하고 싶었을지도 모르겠다.

한편 나는 광개토대왕 시기에 고구려의 침입 때문에 백제 사람들이 시달리던 시절을 배경으로 한 소설을 쓴 적도 있다. 『역적전』(RHK 2014)이라는 장편소설인데, 백제에서 어떻게 해서든 고구려에 반격하려는 와중에 조정을 믿지 못해 피난을 떠나는 백제 사람들이 주로 주인공인 이야기다.

3) 도장

이야기 중에 풍 태자가 만들어 놓은 옥새를 '대보'라고 부르는 장면이 나온다. 실제로 백제 사람들이 자기 나라의 옥새를 뭐라고 불렀는지 또는 그 옥새에 뭐라고 새겨놓았는지 알기란 쉽지 않다. 옥새를 대보라고 불렀다는 것은 조선시대의 기록을 참고한 것이다.

백제에서 어떤 식으로든 도장을 사용했을까? 백제 시대의 도장은 어떤 모양이었을까? 여기에 대해서는 실제로 남아 있는 자료가 있어서 어느정도 추측은 해볼 수가 있다. 주로 부여에서 발견되어 '부여출토와명'이라고 부르는 자료가 있는데, 백제 시기의 기와에 찍힌 도장 자국을 말한다.

이것을 보면 요즘 흔히 사람들이 쓰는 도장처럼 동그란

모양인 것도 있고, 회사나 단체에서 사용하는 도장처럼 네모난 모양인 것도 있다. 내용도 여러가지라서, 한 글자만 새겨놓은 것도 있고, 두 글자, 또는 네 글자를 새겨놓은 형태도 있다. 내용은 '기축' '정사'와 같이 갑자를 새겨놓았거나 어떤 지명이나 벼슬자리의 이름으로 보이는 말들이 주로 새겨져 있다. 아마도 기와에 어느 지방의 누가, 언제 만든 제품이라는 뜻으로 찍은 도장이 아닌가 싶다.

이런 도장 자국은 수백개가 넘게 발견되었다. 부여는 백제의 마지막 도읍이었으니, 백제가 멸망할 때까지도 이렇게 도장을 찍는 문화에 백제 사람들이 어느정도 친숙했으리라는 추측을 충분히 해볼 수 있다. 도장을 만드는 재료로는 나무가 가공하기 쉬운 만큼 나무 도장이 흔했을 듯한데, 이 역시 어느정도 유추해볼 만한 유물 자료가 있었다. 백제의 유물은 아니지만 신라의 유적인 월지에서 연못 속 진흙에 묻혀 있던 나무 도장이 하나 발견된 적이 있었다. 안타깝게도 이 유물은 유명한 신라의 14면체 주사위 유물이 관리 중 실수로 불타 없어질 때 같이 사라진 것 같다. 남아 있었다면 우리나라의 나무 도장 중에서는 가장 오래된 축에 속했을 것이다.

한가지 덧붙여보자면, '부여출토와명' 중에는 글자뿐 아니라 알 수 없는 그림도 있다. 아마 기와를 만든 사람이 어떤 서명 같은 의미로 자기 자신이나 자신이 속한 단체를 표현하는 모양을 적당히 도장으로 만들어 찍은 것 아닌가 싶다. 그렇다면 어떤 가문이나 지역의 문장일 텐데, 부여나 충청남도 지역의 단체, 학교에서 그중 몇가지를 가져다 써도 재미있지 않을까 한번 상상해본다. 혹시 잘 해독해보면 전혀 다른 의미가 숨어 있는 비밀스러운 표식일 수도 있지 않을까?

연재를 하는 동안에는 이 소설이 지금까지 〔문학3〕에 연재되던 다른 소설들과 얼마나 잘 어울릴지 몰라 걱정이 많았다. 또 내용이 이어지는 연재 소설을 쓰는 것은 이번이 사실상 처음이라 더욱 두렵기도 했다.

다행히 한번도 마감을 어기는 일 없이 무사히 연재를 마치고 지금 이렇게 단행본 출간을 앞두며 마지막 문장을 쓰게 되다니, 처음 시작하던 불안한 마음을 돌이켜보면 이렇게 행복할 수가 없다. 유쾌하게 써서 홀가분하게 마무리한 소설인 만큼, 읽고 계신 독자께도 즐거운 이야기가 되기를 진심으로 기원한다.

2020년 청권사에서

곽재식

신라 공주 해적전

초판 1쇄 발행 / 2020년 7월 24일

지은이 / 곽재식
펴낸이 / 강일우
책임편집 / 이선엽
조판 / 한향림
펴낸곳 / (주)창비
등록 / 1986년 8월 5일 제85호
주소 / 10881 경기도 파주시 회동길 184
전화 / 031-955-3333
팩시밀리 / 영업 031-955-3399 편집 031-955-3400
홈페이지 / www.changbi.com
전자우편 / lit@changbi.com

ⓒ 곽재식 2020
ISBN 978-89-364-3830-2 03810